在共享中求发展

——知识管理视野下教师知识共享机制的校本构建

滕 平 杨向谊 朱海燕 景洪春 **著**

U0133167

上海社会科学院出版社

目 录

序

徐汇区教育局局长　王懋功

　　高安路第一小学是一所具有五十多年历史、在市区享有盛誉的名校。在新时期,名校如何走可持续发展之路? 多年来,滕平校长笃信对于一所学校而言,它的核心资产不是建筑物、升学率或者教师的学历,而是存在于师生头脑中的知识,也就是说只有人才是最重要的资源。为此,学校十分注重教师队伍的建设,致力于"专业引领、同伴互助"的校本研修模式的探索,取得了可喜的成效。在实践中形成和丰富了共享发展的校园文化。

　　三年前,学校的《基于教师专业发展的知识共享机制的构建和研究》的科研课题,被批准为上海市教育科学研究规划项目。

　　三年来,学校围绕该课题进行新的实践和探索。他们将知识管理的理念引入学校管理,通过综合运用校园文化、信息技术、流程思想和制度规范等手段,将教师个人智慧转化为教师群体共享的资源,增进教师知识获取、知识运用、知识再造的意识和能力,以此推动和实现教师学习共同体的创建。

　　三年来,学校坚持共享发展的基本理念,以成就教师为目标,在课改的实践和课题的探索中,促进了教师培养与名师锻造,实现了学校人力资源的可持续发展。共享发展提高了学校工作的创新力,名师塑造促进了学校的内涵发展。高安路第一小学的探索成果,为其他学校的办学提供了新的发展视角,也为校长的管理带来了有益的启迪。

学校是创新型人才培养的摇篮。我国正在从人口大国迈向人力资源强国,小学教育作为人力资源建设的基础,小学教师在人力资源开发中具有不可替代的重要作用。高安路第一小学在推进教育改革的过程中,坚持智慧共享的科学理念,和谐共享的实践智慧,发展共享的创新机制,使共享发展的校园文化进一步弘扬,促进了青年教师的健康成长。衷心希望高安路第一小学继续秉承共享发展的办学思路,牢牢把握人才培养的良好机遇,为学校、为徐汇教育培养更多、更好的优秀人才,实现学校的可持续发展。

前　言

就当前而言,学校管理的价值取向更加突出以人为本,以提升能力为本,以追求知识的创新为本,由单纯的经验管理、制度管理,进入到基于人力资源的开发管理,其中最为重要的是人的智慧开发与知识的增长,它是人力资源中极其宝贵与核心的要素。鉴于这种态势,人们愈来愈关注知识管理理论的基本内涵和在人力智慧开发过程中的独特功能。知识的概念具有高度的复杂性,形成了众多见解,正如达文波特(Davenport)指出的:知识是一种流动性质的综合体,它包括结构化的信息和未结构化的经验、见解等,前者是显性的,后者则是隐性的。根据教师的专业特点,教师所具备的专业知识也由显性和隐性之分,而后者是支持其专业上不断发展的重要成分。

就学校来说,本质上讲,教师是知识的吸收者、传授者,以及运用创造者,是学校中极其重要和基本的知识载体,所谓学校的知识管理,是指在知识型学校中,构建一个有效的知识运行系统,让隐含在教师头脑中的知识能够不断地被发现、流通和增值,从而连续产生创新性教育专业知识的过程。在这一过程中,学校主要是通过创建相关的规范和激励制度以及环境,开发和运用有关的技术与手段,健全有关的人力资源支撑,进而对学校知识及其创造进行有效管理。知识管理的核心是人,而不是简单地将"知识"这件事管起来,它更应体现的是一种管理者的观念、远见和能力,其工作包含知识的发现、收集、共享、运用和创新。在知识管理的视野下,教师的群体研修可以理解为是一种专业知识的流动和创造活动,其核心和关键是知识的共享。特别需要指出的是,作为学校组织,知识共享是当今知识管理研究的重要主题,很多学者一直对此予以充分的关注和研究,事实表明,知识管理的精华就是其"共享"的程度,知识共享程度越高,教师越容易获取所需要的知识,这样的知识价值也就越大。

从 2005 年下半年起,我们在前期"以课例为载体,专业引领,同伴互助,开展校本研修"的实践探索基础上,课题组广泛收集和学习了有关知识管理的理论和文献,着重对知识管理的概念内涵进行了深入讨论,结合已有实践的经验,重点对知识共享理论及其有关的实践经验进行了仔细的解读理解。与此同时,学习和理解学校的组织与文化建设的相关概念,确立了《知识管理视野下教师知识共享机制的校本构建》这一课题展开研究和探索,同年被批准立项成为上海市教育科学研究规划项目。通过近三年的不懈努力,这个项目获得了徐汇区第九届教育科研成果一等奖。与此同时,我们对知识管理理念下教师知识共享机制的构成与操作有了一定的体会,勾勒出"一体四支撑"的机制框架,并且取得了一些初步认识:

一、在学校组织中倡导一种基于知识有效共享的校本研修需要整体思考,系统设计,其建构的过程是知识管理视野下教师学习、信息网络技术和学校管理与文化建设等多学科的交叉及其综合,尤其需要关注并研究教育教学知识的发现、内化、运用与创新的机理,以此为线索来建设学习型教师团队。

二、知识共享必须注重教师的行为效应和心理效应的产生与强化,其机制的构建取决于四个基本因素的形成:即平台与技术、组织与文化、策略与方法和关键人力资源的开发。

三、在研究教师知识共享的活动中,有必要对教师拥有的主要知识进行明确的界定和区分,这有利于从知识管理的角度展开探索。

四、学校内知识共享的重要方面是正面的组织与文化建设，其中的关键是建立相互信任，可采取渐进的方式进行组织机构的变革和职责的转型，同时设立必要的人力资源的支撑（如知识主管和知识编辑等）和激励与规范工具（如制度等），从而促进共享机制的形成和运行。

本书是集体智慧的结晶，从课题的构思立项，到实践探索，直至成果总结，徐汇区高安路第一小学的领导和教师，以及徐汇区教师进修学院教育科研室的有关教师组成了研究共同体，进行深入的探索、学习和实践，在成书的过程中，又反复进行了修改，各部分执笔分别为：第一章、第三章杨向谊；第二章滕平；第四章景洪春；第五章朱海燕，全书由滕平、杨向谊统稿、定稿。与此同时，学校的教研组长和教师也提供了大量的实践案例和体会。特别需要说明的是，在本项目的研究过程中，我们得到了市教委科技处苏忱副处长、上海市教育科学研究院胡兴宏研究员、王洁博士和潘国青特级教师，以及市教育科研规划办劳南怡和熊立敏等领导、专家的关心指导，对此深表谢意。

学校中引入知识管理的思想和理论是一项积极的探索，也是促进学校内涵发展的一种比较新的尝试，由于水平有限，我们的研究可能还存在着不少问题有待解决，本书作为抛砖引玉，在取得大家帮助的同时，能引发思考和进一步的探索，对此，我们怀有信心。

作　者

2008 年 10 月

第一章
绪　　论

运用知识管理的理论和方法开展教师专业知识共享机制构建的实践与研究，首先必须理解并把握在现实背景下教师专业知识的基本组成和特点，理清知识管理的基本内涵，建立起相应的支持系统，在此基础上从系统的角度整体设计和实施有效的教师专业知识共享，进而促进知识的传播转移及其创新。作为引子，本章先尝试就这些内容进行简要的讨论。

第一节　教师专业知识辨析

1. 教师专业知识的基本组成

众所周知，教师是教育发展最为宝贵的财富，这支队伍的专业化发展程度将直接影响到学校的教育教学工作以及学生的全面发展。教师专业化的标志是什么？其成长和培养的载体或抓手又如何去发现与把握？就国内外当前研究的关注点来看，能够构成专业的基础是需要一套完善的专业知识体系作为专业人员从业的依据。教育教学若被视为一种专业，首先需要教师具有专门的知识与能力，既要掌握课程、学科，以及教材等其中"应该教的知识"，又要掌握将这些知识呈现给学生的所谓"如何教的知识"。从某种意义上讲，教师专业发展就是支撑教师专业的知识体系不断丰富和完善的过程。

　　教师专业的核心,应该考察其所具有的专业知识,分析教师专业知识的性质、组成和各自在教师专业发展方面的功能与作用,针对这一基本思路,人们开展了一系列深入而持久的研究和探索。较有代表性的是林崇德教授从认知心理学的角度出发,提出可以将教师的知识组成分为四个方面:本体性知识、条件性知识、实践性知识和文化背景知识,这四个方面共同构成教师的知识结构。

　　(1)本体性知识,是指教师所具有的特定的学科知识,如语文学科知识、数学学科知识等,这是人们普遍熟悉的一种教师专业知识。由于学科不同,本体性知识的具体内容也不同。具体来说,该部分知识应包括四个方面:教师应对学科的基础知识有广泛而准确的理解,熟练掌握相关的技能、技巧;教师要基本了解与所教学科相关的知识点、相关性质以及逻辑关系;教师需要了解该学科的发展历史和趋势,对于社会、人类发展的价值以及在人类生活实践中的多种表现形态;教师需要掌握每一门学科所提供的独特的认识世界的视角、域界、层次及思维的工具与方法等。

　　(2)条件性知识,是指个体在什么时候、为什么以及在何种条件下才能更好地运用陈述性知识和程序性知识的一种知识类型。在教育教学领域,该部分知识也就是具体的教育科学知识。其中教育学和心理学知识被称为教师成功地进行教育教学的条件性知识。这种条件性知识是教师能否顺利展开教学活动的重要保障。

　　(3)实践性知识,实践性知识是教师积累的教学经验,是指教师在实现教学行为中所具有的课堂情景知识以及与之相关的知识。教师的教学不同于一般研究人员的科研活动,教师的教学具有明显的情境性。实践性知识受个体经历的影响,这种知识的表达包含丰富的细节,并以个体化的语言而存在。如果把教师的教学看作程式化的过程,忽略教师的实践知识,那就不利于取得富有成效的教学效果。

　　教师知识结构的上述三方面是紧密联系的:本体性知识是教学

活动的实体部分,条件性知识对本体性知识的传授起到理论支撑和指导作用,而实践性知识对本体性知识的传递效果起到重大影响。

(4)文化背景知识,教师丰富的文化知识不仅能扩展学生的精神世界,而且能激发学生的求知欲,事实上,学生的全面发展和健康成长在很大程度上受教师具有的广泛而深刻文化背景的知识熏陶。具体说,教师的文化背景知识包括:基本哲学理论知识,即辩证唯物主义和历史唯物主义的知识;现代科学和技术的一般常识,包括现代学科的一般原理和现代技术的本质内含;社会科学的理论与观点,例如法律的知识、民主的思想、经济学的观点和社会学的方法等。文化背景知识是教师学术与文化底蕴是否厚实的重要标志。

2. 隐性知识与教学智慧

我们在具体的课题实践与研究中反复思考,除了上述静态的描述教师专业知识的组成,从动态的角度考察,究竟哪些知识对教师的专业发展影响更加直接。值得注意的是,有三位学者的观点与成果引起了大家的兴趣。首先,在研究优秀教师与一般教师专业发展上的差异时,美国学者舒尔曼(Lee S. Shulman)提出了著名的教师学科教学知识概念(pedagogical content knowledge,简称 PCK),并且指出,学科教学知识的丰富与否,是优秀教师与一般教师之间在教学上存在差异的根本所在。根据舒尔曼的观点,所谓学科教学知识是教师在面临特定的学科问题时,怎样针对学生的不同兴趣和能力,将学科知识予以调整、组织和呈现,以展开有效教学的知识。这种知识是教师在具体的学科教学实践中动态性建构的,按照教师专业知识的组成,联系上述,它是学科本体性知识同教学条件性知识相融合的产物,是由学科知识和教学知识在实际操作过程中通过一定的方式转换形成。主要通过三种方式转化而来:一是由学科知识转化而来。通过对学科主题内容的编排和采用有效方式呈现学科的概念,教师思考如何将学科知识解释给学生的一种知识。二是由一般教学知识转化而来。比如,教师把学生的学习过程知识运用于特定的学科教学情境,在这个过程中,一般的普适性教学知识经特殊化处理而形成 PCK。三是由学科知识与一般教学知识一起转化而来,或从原有的学科教学知识建构而来,由此可见,无论是通过何种方式的转换,PCK 的由来均离不开教师在具体教学情景中的实践。

另一方面,英国哲学家波兰尼(M. Polani)早在 1958 年提出的关于知识属性的区分,即人类拥有的知识可分为显性部分和隐性部分,其中隐性知识要占知识总量的 90% 左右,隐性知识的情景性、个体性和非系统性特征,造成了表达与传播上的困难,即"我们所知道的要多于我们能表达的",然而,这部分知识恰恰是主导个体行为方式的重要成分。联系到教师的专业特点和工作方式,教师的专业成长很大程度上是教学隐性知识在背后发挥着作用,是教师个体对复杂教学环境做出的回应方式,常常表现出一系列的技能、技巧和心智模式。它有时往往被解释为是一种教学智慧,如加拿大学者范梅兰(Max van Manen)指出的"教学智能和机智是那种能使教师在不断变化的教学情景中随机应变的细心的技能","它能够使教师及时而迅速分辨出教学时机富有意义的因素"。教学智慧是一种教学情景中的"即席创作",这种创作未经整理,大多不成体系,甚至连自己也尚未意识和感觉到,因此不可言传,难以有效共享。所以相对那些已经格式化,并被明确表达清楚的显性知识来说,隐性形态的教学智慧更加重要,价值更大。鉴于隐性化的教学智慧在教师专业发展过程中的重要意义和价值,但却难以完全传播和习得,所以如何解决这种知识传播过程中的技术与环境问题,也成为知识管理研究领域探索的重点。

综合上面的认识,依据教师专业的特点,我们觉得教师的学科教学知识(PCK)对教师的专业发展影响更加直接,这种知识既含有一定的可以表达清楚的显性知识部分,但其中又有很大部分可以理解为是一种镶嵌于具体教学情景的隐性化了的教学智慧。它是一种动态的存在于稍纵即逝的现象,是教师个体在长期实践过程中逐步积累起来的实践性知识,从不同角度看待教师的专业知识,可以产生不同的描述。为了便于分析和研究,我们试图将它们作一个归并和沟通,其特点和相互之间的关系可以用表 1-1 表示。

表 1-1 PCK 的类型和特点

学科教学知识(PCK)	知识类型	存在状态与特点
某门学科的基本价值与核心思想方法原理;学科体系中的难点与重点;某一知识在整个体系中的地位和与其他知识的关联性;	学科本体性	显性化的,一般在学科课程标准和学科教学法等文献中有阐述,但各人的理解有一定差异,比较容易传播与共享
将特定学科内容转换并呈现给学生的技术与技巧	条件性和实践性	半隐性化或隐性的,因人而异,个性化强,难以表述,却是学科教学知识中的核心和重要部分,它是一种教学智慧,不易系统传播和共享
与教学有关的环境、社会、哲学、历史等知识	背景性	

我们认为,研究教师专业知识的共享,主要应是研究教师的学科教学知识,即 PCK 的共享。其中,尤以如何有效地"将特定学科内容转换并呈现给学生的技术与技巧,以及与教学有关的环境、社会、哲学、历史等知识",将这些教学智慧进行共享和创新则为研究探索的重点,所以,教师专业知识的共享有时又可称为"智慧共享"。

第二节 知识管理与教师智慧增长

1. 什么是知识管理

从管理科学发展来看,学校的管理历经了经验管理、行政管理、科学管理等阶段,随着知识经济时代的来临,组织中的知识管理已渐渐为人们所理解和接受。什么是"知识管理"? 在 1988 年,管理学大师彼得·德鲁克就最早提出并引用了这一词汇,他认为,知识工人是组成新经济的个体,在这种新经济中硬通货便是知识,企业雇员队伍的重心从体力员工和文案员迅速转向为知识型员工。

对于知识管理的研究,国外学者早于我国,研究成果也比国内来得深入。由于知识管理是管理领域的新生事物,有关知识管理的定义目前也不下数十种,反映了人们从各个侧面对知识管理的探索,概括起来主要表现为三个学派,即技术学派、行为学派和综合学派。

技术学派认为"知识管理就是对信息的管理"。这个领域的研究者和专家们一般都有着计算机科学和信息科学的学术背景。他们常常被纳入到对信息管理系统、人工智能、重组和群件等的设计、构建过程当中。对他们来讲,知识等于信息对象,并可以在信息系统当中被标识、处理和加工。

行为学派认为"知识管理就是对人的管理"。这个领域的研究者和专家们一般都有着哲学、心理学、社会学或商业管理的学术背景。他们比较热衷于对人类个体的技能或行为的评估、改变或是改进。对他们来说,知识等于行为过程,是一个对不断改变着的技能等的一系列复杂的、动态的安排。

综合学派则认为"知识管理不仅要对信息和人进行管理,还要将信息和人连接起来进行管理;知识管理要将信息处理能力和人的创新能力相互结合,增强组织对环境的适应能力"。该学派的学者既对信息技术有很好的理解和把握,又有着丰富的经济学和管理学知识。他们推动着技术学派和行为学派相互交流、相互学习从而融合为知识管理的综合学派。由于综合学派能用系统、全面的观点实施知识管理,所以能很快被企业界所接受,正成为知识管理的主流学派。

综合上面的不同观点,我们将知识管理的概念理解为:是指为了实现组织特定的目标,对组织知识及其知识的创造进行有效管理的过程,同时也是对与此相关的资产、设施、人员及活动进行全方位管理、以增强组织绩效的过程。

就知识管理研究和运用的领域来看,目前一般集中在企业单位或组织,其基本宗旨是在不断提高企业员工的素质同时,保持企业在市场经济中的竞争力,因此知识管理的关注点更多的是它给企业带来的经济效益及其在同行中的竞争优势。自 20 世纪 90 年代末教育组织的管理开始引入知识管理理念,知识管理在教育机构中得以运用,给学校管理带来了方法和思想上的变化,对于以教书育人为根本目标的学校而言,其中的员工——教师,既是知识的消费者和拥有者,又是知识的传播者和创造者。学校是知识密集型组织,教师是典型的知识工作者,他们是学校中知识的基本而重要载体,因此学校中的知识管理又有其自身的内涵,它的基本价值是追求教师专业素质的提高和学校办学水平的提升,同时又体现出学校的管理理念和内在的文化意蕴。因此,我们借鉴知识管理的概念和观点,从操作的视角,将学校中的知识管理理解为:学校为了实现自身的发展目标,运用现代学校管理理论和技术,对学校或组织内部和外部知识资源进行发现、挖掘、共享、整合、积淀,并实施科学管理和维护,在最恰当的时候,将最合适的知识,传递给最需要的人,以有效提高教师专业素养和创新能力,促进学校的可持续发展。需要特别指出的是,在这里及本书中所指的知识资源主要就是上面所提到的教师的学科教学知识(PCK)。就一所学校而言,学校中的知识管理具有多因素集成和人本关怀性,本质上是科学与人文的统一,管理与技术的统一,规则与艺术的统一。可以预见,把具有时代特征的知识管理引入教育领域,并紧密结合教师专业成长与学校发展的需求和规律开展卓有成效的运用探索,是教育管理理念发展的必然趋势,具有生命力。

2. 人力资源开发原理及其启示

按照人力资源开发和管理的有关原理,学校的人力资源开发是学校为了实现一定时期内的发展目标而对教师资源进行科学合理配置、使用、更新的一系列过程。它以教师为本,将教师看做学校中最宝贵的财富,在调动教师的积极性和主动性的前提下,尽可能连续不断地把教师的聪明才智发挥出来。学校人力资源开发与管理的终极目标有两个:一是人力资源的配置精干和高效,以取得学校人力资源的最大实用价值;二是提高教师的工作积极性,发挥他们最大的主观能动性,以取得教师人力资源的最大增值价值。

毫无疑问,学校的知识管理既不是简单的信息技术管理,也不是单纯地对教师群体的管理。因为教师是学校中最基本的知识承载体,教师的人力资源开发和管理最终还是对这个群体头脑中的知识开发,也就是将信息加工转换,使之成为有用知识的过程与教师的专业发展视为一体,两者紧密相连。充分考虑教师的专业发展需求,在此基础上从管理方式、管理技术手段等方面入手,通过合理的资源配置和积极性与主动性的调动,着力开发教师的教学智慧,并且不断得到增长,使教师专业发展得到最充分的满足。从这个意义上理解,学校实施知识管理必将是一种学校人力资源开发的重要而有效路径。

第三节　学校的知识共享机制

1. 什么是教师专业知识共享

在知识管理的理论中,有一个著名的观点,即知识管理必须通过将人与技术充分结合,并在共享的环境文化中逐步达到理想的效果。由此可见,知识共享是知识管理中的一个重要概念,也是知识管理过程中的关键环节。国内外学者从不同的角度对其进行了界定,达文波特(Davenport)将知识共享过程看作是组织内部的知识参与知识市场的过程,正如其他商品与服务,知识市场也有买方、卖方,市场的参与者都相信可以自此获得好处。亨德里克斯(Hendriks)指出知识共享是一种沟通的过程。吉姆·鲍特肯(Jim Bot-kin)认为知识共享是网络管理模式的核心所在,共享知识简而言之就是沟通。南希(Nancy)认为共享就是使人"知晓",将知识分给他人,与对方共有这种知识,它的极致是整个组织都会"知晓"此知识。福埃(Foy)认为知识共享是指把学到的东西通过共享扩大,并将其融入到好点子、产品和生产过程中去。圣洁(Senge)认为,知识共享与信息共享有所不同,知识共享不仅仅是一方将信息传给另一方,还包括愿意帮助另一方了解信息的内涵并从中学习,进而转化为另一方的信息内容,并发展个体新的行动能力。美国密歇根州州立大学教授 Kathryn 认为知识共享是组织中的个人与其他人共享与组织相关的信息、想法、建议、经验的过程。我国台湾学者林东清则认为:知识共享是指组织的员工或内外部团队在组织内部或跨组织之间,彼此通过各种渠道进行知识交换和讨论,其目的在于通过知识的交流,扩大知识的利用价值并产生知识的效应。总的来说,关于知识共享目前主要有四种观点:就是市场的观点、沟通的观点、学习的观点和知识互动的观点。

综合这些观点,我们认为,从狭义与可操作的角度讲,学校中教师专业知识共享,是指学校组织中个人的学科教学知识(含显性的和隐性的知识),通过各种沟通与交流方式,在具体解决教育教学问题中,为组织中其他人员所共同共享,进而转变为共同知识财富的过程。知识共享不是简单的知识扩散和交换,它的目的在于运用和创新,扩大知识的利用价值并产生应有的知识效应,这是一个知识不断增值的过程。我们进一步认为,在学校知识管理的几个基本环节中,知识的发现和挖掘为知识共享提供了可用的资源,知识的整合与积淀又是共享之后跟进的知识提升和创新,最终成为学校组织的共同财富。随着对知识共享问题的深入研究,知识共享对于学校中教师高水平的知识创新所起的关键作用已经得到广泛认可。

对教师专业知识共享的研究,主要涉及三个基本要素:第一是知识共享的主体,严格意义上讲,知识作为经由人的思维加工整理过的信息、意像、价值等符号化的产物存在于拥有者的头脑或记忆中。知识共享的主体也就可以分为教师个体、项目团队、学校组织三个层次。在教师的个体层次,研究主要是围绕教师个体知识共享的特点、模式及其影响因素展开。在项目团队层面,主要研究团队成员及团队之间的知识共享活动同有效解决教学问题间的相互作用与影响。在学校的组织层面,主要探索学校不断完善组织方式、创建组织文化以利于教师专业知识的共享。在组织方式上,由金字塔形的层级管理变为自治单元型,减少层次,缩短信息流动回路,让知识共享更加有效;在创建组织文化上,立足于培育相互信任的良好氛围,培养组织成员进行知识交流共享的意愿和积极性,促进学校中的知识共享。第二是知识共享的对象,显然,知识共享的对象是知识,根据前面论述的观点,教师专业知识的共享对象核心是学科教学知识,从其外显程度看,其中除了小部分是显性的之外,绝大部分尚处在隐性或半隐性状态,因此知识的存在状态不同,共享中所采取的传播转换方式也不同,难度也差异很大。知识共享研究的第三个问题是共享手段,如前所述,知识具有不同的存在状态(主要是隐秘与显态之分),知识共享的主体又分为若干层次,这为知识共享的具体操作带来了许多复杂的问题,在企业界尽管人们为此开发出一些技术(如信息与合作技术 ICT、资源描述框架 RDF 等等)。在当前学校内,除了一般的校园信息网和教师的教研活动之外,尚缺乏单独开发的知识共享技术。再说技术仅仅是工具,不可能解决知识共享中的所有问题,所以还需要采取其他手段,如组织手段、文化手段、制度安排等,即建构一种知识共享的机制,以促进学校中教师专业知识的共享。另外,目前国内外学者在研究上述三个基本问题的同时,开始关注有关知识共享的效益与经济性问题,与一般的有形资源相比,学科教学知识资源一旦形成便可以重复使用,不会因为被使用而消耗掉。其次，这些知识随着不断地被使用而得到累积、提炼并增值，这就可能产生两个矛盾，一是知识获取和创新的高投入同知识共享的低成本之间的矛盾；二是这种知识创新的高投入与知识更新的加快使知识的使用寿命不断缩短的矛盾。基于这些矛盾，知识的拥有者就会有顾虑，不太愿意轻易与他人共享知识，以免这些知识很快被模仿掌握而失去新鲜度，最终被其他新知识淘汰。俗话说"教会徒弟，饿死师傅"，就是这个道理。目前虽然这种情况在学校里还不太明显，但是随着教师专业化程度的不断提高，对教师工作绩效考核的不断规范，这种情况必然会出现。因此如何在专业知识共享中让不同的教师得到相应的回报（特别是知识的创新者和贡献者），值得思考和研究。

综合上述，可以发现，理解和把握知识共享的相关研究要素，将有助于知识共享的主体（教师、项目团队和学校组织）从系统和全面的视角，采取针对性手段和措施来提高教师专业知识共享的效率，避免低效和盲目。

在当前环境越来越复杂、变化越来越快的情况下，教师如何适应并提升自身的专业能力，通过有效的知识共享达到不断的改变心智模式，自我超越，进而促进共同愿景的建立与团队的学习。

2. 学校中知识共享机制的组成

就一所学校来说，在研究和探索知识共享这一命题时，如何从学校现有条件出发，将这些基本要素有机整合，构成实践探索的基本思路和现实载体，是我们首先进行思考的问题。我们觉得，教师专业知识的有效共享，实际上是构建一种机制，让知识共享的主体、对象和技术手段在这一机制下有序运作，进而产生出促进教师专业知识有效共享的整体效应。因此我们认为本研究中的知识共享机制主要是指实现知识共享的内在方式、途径及其联系。它包括四大方面：一是学校中相关技术与知识网络的建设，二是教师的知识共享活动的策划与实施，三是学校知识共享中人力资源的支撑，四是学校的组织和文化建设与完善。所谓机制的构建,就是具体实现这些目标的一系列探索和实践行动。

首先,知识共享的相关技术与知识网络的建设,是学校中知识共享机制构建的基础。技术与知识网络,两者紧密相连互为支撑,构成了知识共享的平台。前者是这个平台的物理层面,后者是指这个技术架构的逻辑框架与资源层面。在技术领域,我校运用现代信息与人工智能技术,从 2005 年起研制并开发了《高安路第一小学知识管理系统》。该系统依据知识间的逻辑关系,由一个系统查询检索目录(知识地图)作为先导,并由四个具体模块组成,即:(1)教师专业发展知识手册,(2)学校专业知识库,(3)教师研修交流模块,(4)教师知识寻呼模块(详见本书第二章)。

其次,是教师知识共享活动的策划与实施。我们依据知识共享的价值追求以及作用机理,提出了一个包含定位与聚焦、发现与激活、感悟与转换和运用与再生四个实施环节促进教师个体知识共享的操作模式,同时建立了若干个实施策略(详见本书第三章)。

第三,学校在知识共享的实践过程中,从人力资源开发角度建立并完善知识主管与知识编辑的作用,明确其岗位职责,充分发挥他们的功能,即在学校和教研组两个层面,具体负责教师的知识获取、共享、运用行为的激励与引导,成为学校知识共享中关键的"人际接口",以及知识流动和增值的"助推者"(详见本书第四章)。

最后,作为共享机制的重要条件,我们从学校的组织方式的改革和文化建设两大方面提出了一个实施基本架构,意在弘扬一种相互信任的良好氛围,耕耘出一块肥沃的土壤,进一步促进教师专业知识共享(详见本书第五章)。

综合上述,我们将知识管理视野下我校的教师知识共享机制架构用"一体四支撑"的结构图来表示(见图 1-1)。

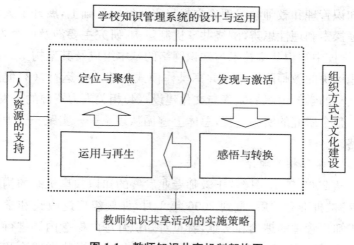

图 1-1　教师知识共享机制架构图

第四节　学校研究过程的回眸

　　高安路第一小学是徐汇区规模最大的一所品牌小学,50 年的办学历程,形成了良好的学风和教风,主要体现在:"七彩高一,和谐校园"成为全体教职员工共同追求的目标;"支持、信赖、合作、共享"是学校倡导的教师文化。"以课例为载体,专业引领,同伴互助"的前期课题研究,使教师体会到知识共享的价值,也为本课题的研究创造了必要的条件和环境。

　　探索发展的经历与体会,使学校的领导和广大教师迫切希望能在当前的形势下,进一步发扬这些传统和优势,特别是要弘扬"支持、信赖、合作、共享"的教师文化,力求在新的高度上有所突破。另一方面,近年来,政府的投入和信息技术的发展也为学校提供了良好的物质和技术保障。

　　本课题研究历时 3 年,课题组在广泛搜集和分析当前国内外有关知识管理和教师学习理论文献与实践经验基础上,展开了大量的实证探索和理性思辨,围绕共享机制建构,研究主要涉及四个方面:(1)学校中知识共享技术与知识网络的基本组成及其架构,(2)基于问题解决的教师隐性知识共享操作模式的建立与运行,(3)促进知识共享的学校组织的完善与文化建设,(4)相关人力资源的开发。

整个研究的实施过程,总体上遵循从理论——实践——理论的思路。

1. 学习相关理论

从 2005 年 10 月《基于教师专业发展的知识共享机制的构建与研究》被批准立项后,直到 2006 年 1 月,课题组广泛收集和学习了关于知识管理的理论和文献,着重对知识管理的概念内涵进行了深入讨论,结合学校工作的特点,重点对其中的知识共享理论及其有关的实践经验进行了仔细的解读。与此同时,学习和理解学校的组织与文化建设的相关概念,为项目研究奠定了重要的认识基础。

2. 思考并设计知识共享机制的框架

在文献研究的基础上,从 2006 年 2 月到 4 月,对学校中知识共享机制的基本内容和组成进行了反复讨论,通过比较和梳理,确立了知识共享机制由四大部分组成,即知识共享技术和网络平台、基于问题解决的教师隐性知识共享操作模式和方法、有关人力资源的开发、促进知识共享的学校组织的完善和文化建设。

3. 教师行动研究

在知识共享机制的基本架构下,2006 年 4 月至 2007 年 7 月,分别就学校的信息技术和网络平台研发、知识共享的具体操作路径方法形成,以及学校的组织机构完善和信任文化建设等展开实践探索和行动研究,充实其中的内容,形成实践性的资料和感性认识。

4. 补充与完善共享机制的框架

2007 年 8 月开始,我们对原先设计的知识共享框架进行了修改和完善,主要是审视该框架在结构上的合理性与内容上的可操作性,去除了一些非关键的环节,精简了一些活动内容,从而使该机制的运行更加可行,具有可推广性,能够体现出学校中知识共享的本质特征。同时对共享机制中几个部分的地位和功能进行了进一步分析,深化了理解和认识。

第二章
知识管理系统的开发和应用

　　信息技术的迅猛发展,为我们构造了一个崭新的社会生存和发展空间。这个空间与传统的物质生存和发展空间迥然不同,它是一个"信息空间"(information space),或者说是"赛伯空间"(Cyberspace)。它看不见,摸不着,却又实实在在存在着。它彻底刷新了传统的生活、交流、学习、研究和管理的态势。

　　无疑,信息技术对教育的影响是全方位、渗透性的。信息技术以其特有的功能、作用,为现代教育管理提供了一个崭新的操作平台。在一个组织机构中,流畅、永久的知识流动是教师获得与他人共享知识的桥梁。因此,一个学校开展知识共享,必须以信息技术为支撑,构建组织的知识管理系统,充分利用现有资源和技术工具基础(如 Internet),建立一个公开的、能为教师学习和交流提供完好的知识共享的基础设施网络平台,从而提供促进学校内部知识增值的必要设施,为教师的交流提供快捷、高效的硬件支撑,促进知识的共享和增值。

第一节　知识管理系统简介

　　所谓的知识管理系统,是指建立在以人为中心,信息发布和管理基础之上,能够实现高效的知识流转、共享、发现的系统。

　　学校从 2005 年起,研制并开发了《高安路第一小学知识管理系统》,该系统借助信息技术,构建了一个开放、互动的知识管理平台,它为知识的存储共享和交流创新创造良好的环境,是学校作为储存知识、传递知识、共享知识和应用知识的平台,是将知识嵌入到教师工作时所运用的技术系统中,这种知识嵌入法使知识管理不再是一项孤立的行动。

学校知识管理系统首页(见图 2-1)。

图 2-1　知识管理系统首页

该系统依据知识间的逻辑关系,由一个系统查询检索目录(知识地图)作为先导,并由四个具体模块组成。

一、知识地图

1. 知识地图的涵义

当我们初到一个陌生的城市时,大脑中首先闪现的是地图。地图上的文字、符号、颜色指导人们行动,避免迷失方向。同样,在知识的海洋里遨游也需要地图,明确知识的方位,指出储存知识的文件等载体。

知识地图实质上是利用现代技术制作的学校中知识资源总目

录,以及知识款目之间关系的综合体。也就是说它包括两个方面的内容,一是学校内部知识资源的目录,二是目录中各款目之间的关系。

2. 知识地图的作用

知识地图是知识管理的有力工具,是知识管理的重要组成部分。

(1)它提供知识线索。知识地图帮助教师获取知识来源,给人们提供交流的对象,从而减少知识在传递过程中出现扭曲现象。

(2)发现"知识孤岛"。知识地图科学地组织分散的、孤立的、无序的知识,给人们提供更简单、更全面地反映知识以及知识环境系统化的知识阅览和知识导航工具。

(3)揭示学校内部各类知识之间的关联现象,使学校内部的知识充分发挥作用。

3. 知识地图的类型

知识地图绘制的形式有多种:简单明了的清单形式,直观生动的图片形式,整齐划一的表格形式,实时组合的超文本形式等等。

知识地图对学校内部知识资源的有序化、利于管理和便于利用等方面发挥着应有的作用。学校拥有一幅好的知识地图,教师就可以方便地找到知识源,为学校,为提高教师素质和知识共享提供有力的工具。我校知识地图以简单明了的清单形式体现(见图2-2)。

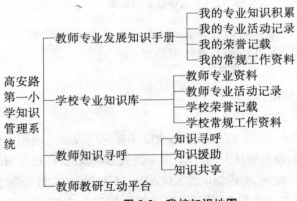

图 2-2 我校知识地图

二、应用模块

学校对教师知识进行管理,是保障知识有效应用和创新的前提。教师知识管理也是知识交流和应用的基础,没有经验知识的积累也就没有共享。因此,"学校知识管理系统"由以下模块组成:

1. "教师专业发展知识手册"模块

在教师个人知识管理中,教师个人知识是系统发挥作用的核心。而学校对教师知识积累管理的实现途径是依靠知识的整理、保存和更新等方式来实现。开发"教师专业发展知识手册"模块,便是鼓励教师知识积累的管理工具,是教师自己的"知识库",供其储存自身发展所需要的资料以及自身的知识经验。

为使老师们积累的知识有序化,合理而科学的知识组织是非常必要的。知识组织就是要把知识模型化,学校采用知识树的形式把他们组织起来,教师在向系统添加资源时,系统知识的增加类似于知识树的栽培和发育成长。从而将教师个人知识抽象地表示出来。

表 2-1 "教师专业发展知识手册"模块具体内容和功能一览表

专业发展知识手册内容		功　　能
我的专业 知识积累	我的课堂教案	储存教师优秀的课堂教学教案
	我的教育案例	储存教师典型的教育个案
	我的论文	储存经过思考与实践而撰写的教育教学论文
	我的随笔	储存教师教育教学随感
	我的学习资料	储存教师参加校内外学习的资料
我的专业 活动记录	我的课题研究	记录教师参与校区级以上的课题研究活动
	我的公开教学	记录教师参加教研组、学校及以上的公开课活动
	我的听课评课	记录教师参与听课评课活动
	我的交流发言	记录教师参加各级各类会议发言的情况
荣誉记载	学生荣誉	记载所教班学生所获得荣誉
	教师荣誉	记载自身所获得的荣誉

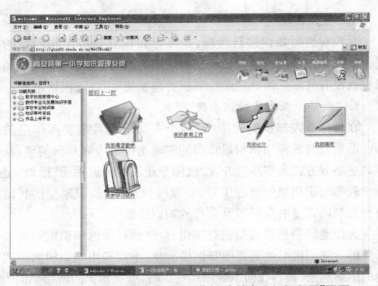

图 2-3 "教师专业发展知识手册"中"我的专业知识积累"页面

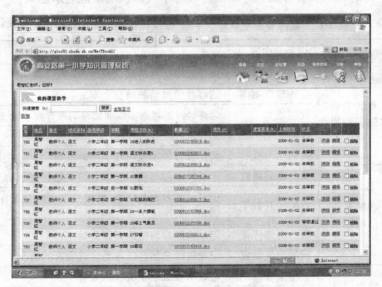

图 2-4 某教师"课堂教案积累"页面

"教师专业发展知识手册"模块旨在引导教师自觉学习，实践反思，及时收集、整理、保存个人教育教学资料，留下自己专业发展的足迹，做好个体知识的管理者。

2."学校专业知识库"模块

学校专业知识库，是学校知识资源的集散中心。学校专业知识库建造的目的，是成为实现教育知识共享的平台，方便学校教师快速地获取所需要的知识或有关知识线索，是将学校各种有效的教育教学知识进行系统化保存的"仓库"。

"仓库中"知识从获取途径看，主要来源于校外流入和校内产生的教育教学显性知识。如校外的专家报告，优秀教师经验等，校内教师撰写的论文，设计的公开课教案，以及通过观摩公开课，参与交流获得的隐性和显性知识。

从内容上看进入知识库的教育知识资源通常包括：教师的教案，培训资料，相关教材，各类信息报告等。

表2-2 "知识库"主要栏目

学校专业知识库	学校常规工作资料	计划总结
		制度文件
		学习培训
		影像资料
		学科试卷
		其 它
	教师专业资料	课堂教案
		教育案例
		论文随笔
		学习资料
		其 它

续表

		课题研究
学校专业知识库	教师专业活动	公开教学
		学习培训
		交流发言
		其 它
	学校师生荣誉	教师个人
		教师团队
		学生个人
		学生团队
		学校集体
	相关链接	

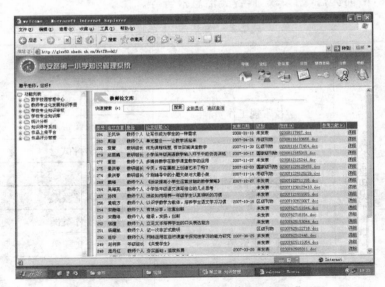

图2-5 "学校专业知识库"模块中"教师论文"页面

"学校专业知识库"以教师创造的教育教学知识为重点,汇集各个教师的各学科教育教学知识,经加工,实现两种知识的有效组合。既储存学校教育教学显性知识,同时,可以促进隐性知识向显性知识转化,推动难以"言传",只能"意会"和"身教"的隐性知识的文字化和编码化进程,并配以校外相关专题知识的链接,供教师检索,从而完成组织的知识积累与集成加工。它较好地实现了个体知识积累后的群体共享。这样蓄水池的不断集聚,就好比形成了更大能量的"蓄水库"。

3. "教师教研互动平台"模块

知识管理不仅体现在对已形成的教师知识进行管理,更多体现在知识的产生过程,以及知识创新的过程。当前校本研修已成为最主要的提升教师专业水平的有效途径,"教师教研互动平台"模块将网络信息技术系统运用于教师教育、教学、教研互动、交流、反馈与知识集成中,成为学校网络共享平台中一个动态的共享教师隐性知识的网络模块。它是含有视频和文字交流的实时互动平台,提供实时的场景,实现知识的激活和流动,完成组织的知识积累与集成加工,引导教师群体知识的共享。

其模块内容设计如下:

(1)"已发布内容"版块:评课交流提供的资料,以供交流互动者掌握相关信息。如课堂教案、课堂音像资料、课堂实录等视频材料。

(2)在线专家版块:一起参与教师互动交流的校外专家。

(3)交流互动版块:发现知识,激活已有经验,教师间思想火花的碰撞。

(4)听课评价版块:参与教师对该教师的课堂给予一个明确的评价。

在"教师教研互动平台"中,多个教师可以同时进入同一个界面进行交流,即时了解交流的内容,及时进行观点思想碰撞,从而实现对他人的知识经验的感悟和内化。

图2-6 "教师教研互动"模块页面

4."教师知识寻呼"模块

如果说"教师教研互动平台"是主要为学习共同体有计划地围绕主题,组织成员同时进行交流讨论的共享平台的话,则学校设计的动态的"教师知识寻呼"模块则是教师针对面临的教育教学实践的困难,即时向同伴求得帮助的共享平台,是面对特定的对象提供少而精的深度服务,达到点对点的知识共享。

"教师知识寻呼"模块有如下板块:

$$知识寻呼系统\begin{cases}知识求救\\知识援助\\知识共享\end{cases}$$

工作中,教师经常会碰到问题。当身边的人不能及时解决,老师们可把求助的对象范围扩大,通过"知识寻呼系统"进入"知识求助"板块,向同伴求助。如果教师中有相关方面经验、方法的,则可进入"知识援助"提供帮助。不同背景的教师针对同一个呼救内容回应出各不相同的答案，供教师参考。事后，提问教师可以把同伴互助的回答进行梳理，选择最佳答案，在实践中进行应用，从而提高自身解决问题的能力。

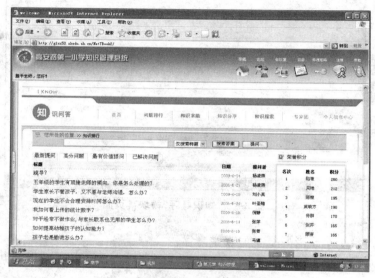

图2-7 "知识寻呼"模块某页面

教师进入"知识寻呼"模块所有的提问和回答都在系统的"知识门户"里反映出来，从而使教师对已提的问题和答案一目了然，避免重复提问和回答。

下面是一个教师利用该系统进行知识求助的实例：

小王老师是刚从师范大学走出来的一名新教师，担任学校的数学教学。近来，她发现自己所教的两个班学生在计算题方面错误率高，因此失分也很高。她反复对学生提醒，要求学生计算时打草稿，可是效果不理想。怎么办，她想到了学校"知识寻呼"。某日，她在学校知识管理系统上对全校教师发出了这样的知识求救："如何提高学生的计算正确率？"问题一发出，几天内收到了好多老师的帮

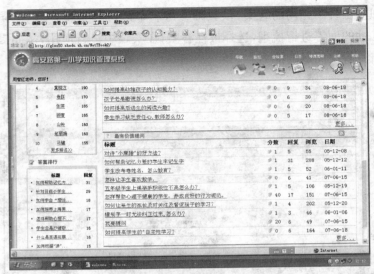

图 2-8 "知识寻呼"模块某页面

助,给了小王老师很多的教学建议。

短短几天,一共收到了 21 位教师的帮助。于是,小王老师从中选择了几条运用在自己的教学过程中,还真管用,有些方法有了较为良好的效果,孩子们计算错误的现象有了改观,作业中计算全对的学生在渐渐增加,有些"错题大王"的错题在逐步减少。

不同背景的教师针对同一个呼救内容回应出各不相同的答案,提供求助教师参考,实现了动态的知识共享。这种操作简便的知识共享系统,有效地激活了教师的隐性经验,使教师个人的隐性知识转化为团队的显性知识,学校内部的知识资源得到充分的利用和共享。

从学校知识管理系统的基本架构可见,在各模块之间逻辑关联性与功能体现方面,我们着力于促进教师协作关系的建立,最大限度地支持教师协作活动,实现知识资源的共享,即知识获取的可得性与准确性,人员之间交互的迅捷性与丰富性。

第二节　知识管理系统的应用

知识管理系统,是学校教育教学共享平台,整个系统的设计是在知识管理理念的指导下,完成对教师知识的管理和团体的共享。系统是基于校园环境,对教师在教学实践中产生的各种知识和教学资源管理进行管理。

一、知识管理系统的功能

1. 用户管理

为了保证系统的安全,系统需要对用户的身份进行审核,因而用户需要进行注册。由系统管理员对用户进行统一管理,用户通过管理员身份验证之后,才能进入知识管理系统,获得知识上传、修改和删除的权利。

2. 个人知识上传

个人知识管理是一个不断积累、不断完善的过程,教师要通过分析个人的知识需求,利用有效的搜索策略,获取有价值的教学资源。在上传资料时,教师首先要输入用户名和密码,获得系统验证后,才能打开个人知识管理系统的客户端界面,把知识储存在相应的栏目下面。

3. 查询和修改功能

知识内容可以由教师根据实际情况随时进行更新、修改、删除等。如点击"详细"可以看到具体的内容,点击"编辑"可以对内容进行修改,也可以是知识内容的重新上传。这时,系统可以把相应的旧文件删除或覆盖,从而实现知识的随时更新。

4. 知识浏览和下载功能

教师上传的文件既可以自己随时浏览,也可以提供给注册用户进行浏览和下载。通过交流，知识可以实现更大的价值，实现知识的广泛共享，对教师个人知识的更新也是一种促进。

5. 检索功能

这是系统很重要的一个功能，因为知识丰富之后，便会造成查找的困难，具有搜索功能可以减少教师的时间和精力。知识资源可以通过时间、名称、知识点等方式来查询。

6. 审核功能

教师的个体知识并不全流转为学校共享知识，只有当学校专门人员对其审核通过后，知识管理系统才会"同意"将该知识流转为团队共享知识，保证供大家利用和共享的知识正确而有价值。

7. 激励功能

为激励教师进行知识积累、知识寻呼、知识交流和知识共享。系统对相应的栏目设计了分值奖励，系统自动生成，还设立"知识共享"和"知识贡献"排行榜，从而提高教师使用信息网络共享平台的积极性。

8. 在线互动功能

该系统提供给教师一个实时和非实时学习和交流的空间，教师可以在网上随时进行自主学习交流。

二、知识管理系统应用注意事项

教育技术基础是嵌入式知识管理系统的关键，而确保系统顺利运行所需的技术因素和管理因素同样重要，这些因素是任何想将知识嵌入教育教学工作都要考虑的。为此，必须注意以下几点：

1. 要尽可能获得广大教师的支持

毫无疑问，建立行之有效的知识管理系统是一项极具挑战性的工作，要争取广大教师支持这个系统和新的工作方式。如果缺乏第一线教师的迫切需求和大力支持，学校知识管理系统的建设就不可能有实质性的进展。

2. 建立教育专家库和最新的知识库

如果知识管理系统储存的都是理念陈旧，方法过时的知识，那么教师会因此而受到影响。所以只有集中各个学科领域的优秀教师、专家参与的知识库的建立，以及进行不断的知识更新，才能发挥知识管理系统最优的功能。

3. 让教师来作最终决定

同作为知识分子的教师一起工作，千万不能将他们排除在决策过程之外，如果自动化知识系统的应用意味着对教师角色提出了挑战，那他们容易产生抵触情绪，甚至拒绝接收系统，因为过分依赖知识系统中的教学知识可能侵犯了教师的创造性和专业自主。学校知识管理系统向教师提供的仅仅是建议，而不是指令。

4. 建立一种"量化"的学校文化

为了证明知识管理系统是值得的，同时也为了评估该系统的运行情况，学校需要建立一种以量化为导向的文化。量化的指标能表明再造和不断改进教学流程是可取的，同时也能及时反馈进展情况。

5. 信息准确，用人得当

对学校而言，重要的不是知识管理技术，而是运用这些技术的人。对实行知识管理的学校组织而言，有一个懂业务、参与主要管理人员和学科教师紧密合作的技术部门是十分重要的。

作为学校知识共享平台的两个组成部分，传统的教研组共享平台和现代的知识管理操作系统并非相互独立，而是互相支撑。学校知识管理系统的开发和利用，为教研组共享活动的开展提供了迅捷、便利的服务，通过知识管理系统将最需要的知识在最需要的时候，传给最需要的人，使学校内部的知识资源得到充分的利用和共享。而精心设计的教研组活动，又为学校知识管理系统源源不断提供生成性素材，丰富学校的教育教学知识库。

第三章
知识共享的校本模式与策略

如前所述,知识共享的研究和实践主要关注共享的主体,共享的对象,以及共享的手段,换句话说,有效的知识共享必须充分考虑三者的结合匹配。我们认为,将它们作为一个整体来加以研究和实践,不是随意与笼统的进行捏合,应该遵循的基本思路就是依据共享主体的不同(教师个体、项目团队、学校组织)和共享对象的不同(知识的显性或隐性化程度),采取适当有效的手段,设计策划和开展有效的教师知识共享活动。在这个进程中可以产生出形形色色的教师知识共享活动和行为,但是有必要深入分析和把握知识管理视野下知识共享的实质,并且在此基础上不断理清线索,形成学校开展教师知识共享的基本操作模式和相应策略,本章主要探讨这些问题。

第一节 教师专业社群的建设

知识共享的主体包括教师个体、项目团队和学校组织,其中项目团队和学校组织是由教师群体构成,知识共享活动一般在这些群体中展开。这一群体通常又被称为教师社群组织,关于"社群"一词的概念有多种说法:

萨乔万尼(Sergiovanni)曾经这样定义:社群是个体的集合体,这些个体给予自己的意愿而紧密联系起来,共享一个观念与理想。

这种联合会是一群个体的"我"转型成为集体的"我们"。在成为一个"我们"后，每一个成员都是紧密编织的有意义关系网的元素之一，这一个"我们"通常处于一个共同的地方，维持一段时间，并共享共同的意义、情感与传统。

贝克(Berk)指出，"社群"的概念强调合作以及参与性建设；共享的目标，互相依赖和交换以发展个人和集体的理解；互相尊重和回应；关心个人和集体的幸福感。

哈伯曼(Haberman)认为，教师学习社群的特征包括：持续地共享思想、注重合作、平等、高效能和实际应用等。

马克斯(Marks)等描述了教师专业社群的特征：教师围绕共同的目标，以合作的方式解决问题；去个人化及对教学的实际问题进行专业对话。

目前，国内外学者已越来越将社群作为教师教育的组织载体，因为从个人到社群，已成为教师教育的重要走向。我们知道，教师个人理论(主要指经验)是教师的自我个人建构，是个人私密的，整合性的，但却是不断变化的，与教学实践相关的知识、经验和价值系统。20世纪90年代，众多学者指出，教师社群组织作为一种极其重要的中介和载体，教师个人理论不仅具有个体性，而且还有着群体性。即从个人取向转为社群趋向，它包括两种转向，一是从教师个体实践转为教师共同的实践，二是从教师个体的经验知识转向群体经验知识。社群中教师个体之间的互动才能产生具有共享意义的交流。没有交流和沟通，教师个人就会被切断与社群的联系，只有这种社群的存在，才能有效促进教师个体专业的真正发展。

从当前的实际情况看，学校中的教师社群组织主要包括各类学科教研组、年级组、项目团队、教师沙龙等。既然教师社群建设对教师专业发展具有如此重要的价值，为了实现专业知识的有效共享，有必要对学校现有的教师社群组织加以设计，此种设计关键是将这些社群组织置于知识管理的整体框架之内，强化它们在教师专业知识的发现、发掘、共享、整合以及积淀过程中的作用,尤其是不断开掘这些社群组织在知识共享中的功能。

附:高安路第一小学教研组(备课组)知识共享建设条例

1. 努力形成"同伴互助"的教研氛围,提升组内教师学会与他人共享的境界。

2. 明确研究专题,以解决问题为目的,制定基于"四个操作环节"的教研共享方案,定期开展教研(备课)活动,有效落实知识共享活动的实践。

3. 经常组织组内教师相互之间的对话,及时发现经验,总结教训,在组内加以交流共享。

4. 各组加强相互之间的交流,不定期地与其他组室共享有效的教研活动方案,分析教研活动经验,提升教研活动质量。

5. 教研大组善于发现各备课组、学校教师的显性知识和隐性知识,充分利用每次大组活动时间,有计划有步骤地进行交流。

6. 教研组长作为教研组中的主要知识管理者,要善于发现组内成员教育教学经验和困惑,能及时梳理分析,并及时上传到校知识管理系统,或向学校知识主管反映,实现学校各部门间的知识共享。

基于教师专业知识共享的教师社群组织建设,是知识共享机制构建的重要组成部分,我们认为,首先是要夯实学校现有的教学研究的基础,将原有的教学研究,校本培训等工作依据知识管理的需要进行再设计,突出知识的有效流动、扩散、运用和创新;其次,就是进一步探索开发利于教师专业知识共享的具体运行方式和策略。

第二节 知识共享的价值追求和机理

在知识管理的视野下,对教师知识共享的价值追求和机制的探讨,可以帮助我们看清知识共享的实质,我们感到,知识共享的价值主要体现在两个方面,首先是对教学问题的有效解决,事实有力的证明,教师的学习以及专业成长往往是依托对教育教学问题的解决和对困惑的不断澄清,进而连续地提高与深化对教育教学现象的认识。教育教学中的问题靠教师主动而敏锐地感知,问题的产生也取决于教师从众多和纷繁的场景中去筛选和捕捉,问题的解决更离不开行为跟进性的学习,在这一过程中每一个教师自然需要与同伴和专业人士的实质性互动,其媒介便是知识,其过程便是知识的转移和内化,其结果便是伴随问题解决的教师个体智慧的增长,教师社群或学校组织的知识积累。

　　教师知识共享的另一个价值追求就是这个过程中的场效应,所谓"场",原本是物理学上的概念,如力场、电磁场等,将它引入知识共享这一研究领域,旨在作为形象的类比,便于直观化,实质上是一个人际互动的"心理场",在这个场当中,其场效应是指教师在一定的时空范围内,有意或无意地相互作用、相互沟通、交流信息或知识的状态。这种场效应具体可以从教师的行为和心理产生的效应来考察,行为效应就是社群的成员之间相互作用,造成信息或知识的有序,导致教师行动的改变与完善,心理效应则是指教师之间相互作用形成心里共振,导致成员的认识发生变化,思维模式趋于完善。

　　目前根据有关教师社群学习的研究表明,在一个教师社群中,讨论活动与每个成员的心理体验非常复杂,形成紧密的互动,对于教师个体而言,其中最佳的心理体验便是有这样一种感觉:被某项讨论活动深刻吸引,完全沉浸其中所表现出的忘我状态。知识共享活动就是要追求能够产生这种心理体验的"心理场"。知识共享过程中的场效应解说,一定程度上揭示了共享的作用机理,需要特别指出的是,行为效应主要来自于操作和实践性特点明显的知识共享,心理效应的产生则有赖于认知性和观念性知识的共享。参照日本学者伊丹敬之在研究社群组织知识共享的过程中,提出的如果要追求有效的场效应,主要取决于四个相互关联的要素,就是专题、意愿、载体和规则,借而用之,我们感到,教师的知识共享主要在于解决好这么几点:

一是探讨的主题或专题,就是社群组织中的每一个教师明了对什么问题进行相互作用和沟通。这个主题或专题有时是明确而详细的(如课堂学习中的学生小组讨论的有效性问题,学生作业的设计及其批阅问题等),也可以是大致而概括的(如新课改背景下课堂教学生成性资源的利用等),无论是具体的还是大致的问题,都要成为所有教师关注和可接受的,否则教师可能就没有感觉,难以交流,也就形不成场效应。

二是成员参与的意愿,就是每一个教师是否具有与他人联系沟通的欲望,根据人的社会属性,一般讲,教师社群中的成员或多或少都具有同他人联系的原始欲望,如何使这种欲望得以强化和延续,避免由于某些原因而受到抑制,是值得重视的,参与的意愿是强化场效应的关键要素。

三是知识的载体(或称为知识的表现形式),它是指社群成员在沟通过程中的具体承载体。比如语言、数据、文字、场景等,甚至是人的语调、表情、形体动作等等,这里指出的是,知识载体必须要有公共的可接受性,即能够为他人看懂和听懂,否则由于载体的不妥,也会影响共享中场效应的产生。

四是共享的规则,也就是大家在沟通交流过程中一种约定俗成的游戏规则,比如相关的制度规范、辩护及其探询的方法技巧等,缺少或没有必要的规则,可能会使人产生误解,偏离主题,知识传递和转换受阻,所以规则是否明确,大家是否掌握和习惯运用,都会影响到知识共享中的场效应。

表 3-1　高安路第一小学低年级外语教研组活动关键要素解析

要　素	内　容	说　明
探讨主题	夯实基础，适度拓展	牛津英语教材所具有的 Building Blocks 的编写特点和 Task-based Learning 的教学理念，不仅为教师参与课程建设和组织课堂教学提供了很大空间，而且也为学生的英语学习和能力发展拓宽了视野。教师要学会多角度钻研教材，创造性理解和使用教材，要根据自己学生的实际情况和课程标准的要求，对自己使用的教材作出适当的裁剪，加深并拓宽课程的内涵和外延，从而达到最好的教学效果。因此，怎样"拓展"，成了大部分英语教师十分关心的一个重要话题，经酝酿和整理，最终成为探讨专题。
参与意愿	希望合作研究彼此共享	该年级英语教师中，有职初期的教师，也有 10 年教龄以上的老教师，虽然年龄不同，但是面临新课程，新课标，大家内心希望能彼此合作，在经验与智慧上寻求互补，共同探究，具有实践基础和现实需求。
知识载体	教学课例、相关文献	课例的选取要具有典型性，文献的筛选要兼顾理论指导和实践借鉴性，必须经过精选和适当加工。
共享规则	把握主题，仔细倾听，恰当回应，实践跟进，注意提炼，坦诚相见	基于问题解决的专业知识共享，必须注意具有递进性，避免简单的教学现象汇总和罗列，以及客观原因的说明，缺少深入的自我分析和改进。

　　进一步检视目前国内外对知识共享内在机理的研究，美国学者乔哈里提出的相识原理（可描述为乔哈里窗）又给了我们以形象和直观的启发，他们认为知识共享活动在操作层面的价值是缩小社群中知识的藏秘区和盲区，共同探寻知识的未知区（见图 3-1）。

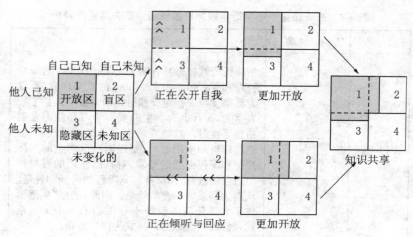

图 3-1   知识共享活动的操作层面

综上所述,分析知识共享的价值追求和机理,意在帮助我们审视原有教研活动和教师学习的状况,增强这些活动在设计、策划和实施上的效果,进而能比较有力地指导并规范我们的各类知识共享活动,达到知识管理的最终目的,即"在最恰当的时候,把最合适的知识,传递给最需要的人"。

第三节   一个促进教师个体隐性
知识共享的校本模式

知识共享包括对显性知识和隐性知识的共享,从基本的手段来看,根据知识的不同交流方式,存在两条途径:一是编码化,就是通过某种渠道和技术将知识加工成为较为显性或半隐性的表现状态或数据库形式,相对说,显性知识或半隐性知识主要可以通过学校知识管理系统提供的知识网络等予以编码化、标准化处理,并加以呈现,进而实现有效共享;第二条途径是个体化,就是将知识的拥有者同知识的未知者、少知者紧密联系，通过交流中的仿效、体验和感悟实现知识的转移，达到共享。

在绪论中我们探讨过，教师的专业知识核心部分是学科的教学知识（PCK），其中又以由条件性、实践性知识和相应背景知识相互糅合而生成的动态教学智慧最为关键，研究结论告诉我们，由于技术条件等因素的限制，这些隐性知识不可能完全彻底的被进行传递和共享，但是可以在一定程度上进行大致的比较模糊的传播。我们开展此项实践的目的之一，就是为了尽可能地扫除知识转换和传播过程中的障碍，使知识共享的效果尽可能理想。

知识共享是为了更好的有新知识创造出来，这里，日本学者野中郁次郎提出了知识创新的 SECI 过程，野中把知识共享的环境和场所同样定义为一种"场"，它是由物质的、虚拟的、心灵的因素构成的空间，平时我们所说的群体研究氛围或文化具有这种含义，前面我们提到的知识共享过程中的场效应也是这个意思。有效知识共享中的"场"，可以分为孕育场、对话场、系统场和实践场，在这么一个组合空间内，知识的创新主要是通过"S（Socialization）共同化"、"E（Extermalrzation）外在化"、"C（Combination）连结化"和"I（Internalization）内在化"四个过程来完成的，基本关系如下：

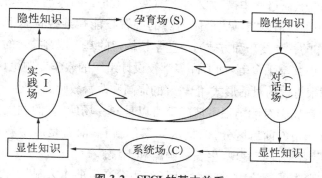

图 3-2　SECI 的基本关系

由上图可见，作为一个教师，在与同伴相互沟通交流时，首先需要有一个能够自由谈话，产生种种想法和思路的场所，而孕育场是可以起到这个作用的实实在在的场所，如学校中的办公室、会议室，甚至教室、休息室、餐厅、走廊等，这些地方提供了传播、转移和扩散个人隐性知识的地方空间，教师通过思考性的倾听、观察、模仿等来领悟和理解蕴涵在他人行为中的技巧、经验或思维方式，从而使个人的隐性知识共同化。然而，此刻的共同化仅仅处在理解和感知阶段，创新成分不多。

教师个人的隐性知识只有通过对话，才能被激活，变得逐渐明晰，并且加以传播，我们平时强调教师要把知道的尽可能说出来，就是这个道理。对话场实际上就是一个使隐性知识显性化的场所，在孕育出各种思想观点的同时，及时地用适当的文字、语言等符号表达出来，转化为集体的显性知识，比如教研活动的过程记录、每个成员准备发言的提纲等等。需要指出的是，一个良好的对话场应该是同伴间的对话与教师个人的自我对话相交织的产物，同伴之间的对话应该是开诚布公、实事求是的；教师个人自我对话则是最真实的，它是辨别消化他人隐性知识的过程，所以要力求客观，只有同伴间的对话和自我对话互为作用，知识的创新才能得以实现。比如有一所小学教师创立的教研过程中撰写"左手栏"（实际上是在团体学习与研究的过程中，一种可借以"看见"个体内隐的心智技能在某些状态下如何显现、运作的一种技巧和方式），一些学校构建的基于博客技术的互动式教学知识共享平台等，加上许多学校设计组织的教学专题论坛，就是一系列很有效的对话形式，能较好的提高和改善教师的悟性。

孕育场和对话场很多情况下可以是同一场所，它们的发生也不一定有严格的前后区分，但是从知识创新看，前者是产生新知识的萌芽，后者是催其显现、生长的雨露和土壤。

在野中的理论中，把由对话场作用下产生的个人显性知识加以耦合，主要是通过系统场中的连结来完成的，比如对某一教学问题,将张三、李四、王五……的想法加以分析、概括和提炼,形成大家一致的观点和解决策略,并且以教研活动的反思性总结、学校教学专题知识库等形式予以呈现,借以不断丰富学校组织的知识资源,促进传播与共享。

所谓实践场,顾名思义就是教师通过学习来自于外部的显性知识,并且把它同自己原有的隐性知识进行实质性的连接,内化为自己更加有用的隐性知识,其主要途径便是操作运用,把说出来的要能做出来,这样,认识上就能产生飞跃。

结合实际,显然在野中提出的使隐性知识与显性知识相互转换,促进知识创新的 SECI 过程中,四个场并非简单的线性排列,它们的运作相互嵌入,前后孕伏,呈螺旋式上升,这个过程实际上为我们实施更加有效的知识共享活动提供了可以借鉴的模型,一次有效的校本共享活动是这些场的构建与综合作用的结果。

对教学活动的研究,实际也就是研究大大小小的案例(课例),面对情景性特强的案例,我们将这个模型具体化、操作化,也就是提示我们要关注并正确实施"在孕育场中发现案例","在对话场中表述案例","在系统场中共享案例","在实践场中创新案例"。

站在知识管理的层面,探索和研究教师专业知识共享过程中知识的有效流动、扩散和增值(创新),为我们加强对这种活动有效的实施和引导又开辟了一个视角,推而广之,它既能对现有各种校本教研、校本培训活动作整体的重新审视与解读,也促使我们跳出传统思维,进一步理解这些活动的内在机理,并启发我们把它们设计和组织得更好。

上面我们简单的分析了知识共享过程中知识创新的基本过程,它在一定程度上为我们构想学校具体开展教师专业知识共享活动提供了可以参照的框架,对于更加有效地设计具有操作性的校本知识共享模式很有借鉴意义。

进一步探析和理解隐性知识的特点,我们发现,隐性知识的本质实际上是人的一种理解力,即一种领会、把握经验、重组经验,以期达到自己理智控制调整的能力。所以,隐性知识的共享就是要精心设计教师内心的实质性互动,最大程度的促进这种由互动而产生的知识内化。显然,教师社群组织整体的知识共享水平和状况依赖于其中每一个个体知识共享的能力,鉴于此,我们通过对一系列不同学科、不同教师社群组织进行的知识共享活动案例的分析与抽象,尝试性的提出一个促进教师个体隐性知识共享的校本操作模式:

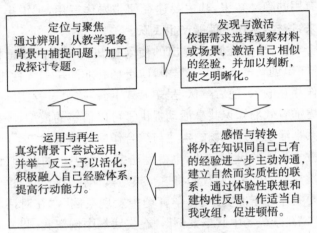

图 3-3　高安路第一小学知识共享校本操作模式

　　本操作模式,主要包含四个操作环节,整个过程是连续性的螺旋跟进,其中每一个环节都应该设计和策划若干个实践性活动,具体见表 3-2:

表 3-2　共享校本操作模式的实践性活动

环　　节	活　　动
定位与聚焦	现场捕捉、聊天沟通、抽象概括
发现与激活	解读文献、现场观察、对比辨析、知识求助
感悟与转换	研讨交流、案例深度分析、反思性叙事
运用与再生	教学实践、变换发展、改进积淀

在具体开展知识共享活动中,教师可以根据实际的需要灵活选择组合,形成一系列具有针对性的知识共享方案。

附:一项基于提高教研组长经验共享技能的研修活动

(一)定位与聚焦。目的在于感知现象,抽象出问题。

学校的教研组建设关键在于教研组长专业素养的提高,但是目前我校这支队伍的基本情况不尽如人意,主要表现是教研活动的开展缺乏力度和深度。表面看来似乎是教研活动的策划与组织技能不强,但背后隐藏的是组长角色意识的模糊和经验的匮乏,使群体的知识共享浮于表面,少有知识的内化和后续的知识创新积累。

(二)发现与激活。旨在提供观察材料,激活相似经验。

1. 文献学习与方案解读

(1)推荐文献:向教研组长推荐《教研组建设面面观》、《在磨砺中提升教学领导力——来自教研组长的工作手记》等文献,以此帮助教研组长认识角色功能的回归和拓展。

(2)方案解读:提供本校教师的三篇知识共享方案,开展引领性解读,分别是:《有效共享,注重创新——数学大组知识共享方案》、《灵感在知识的有效共享中萌发——英语大组知识共享方案》、《知识共享就是动力——语文学科教研方案》。

2. 专题讲座与教师畅谈

邀请区教师进修学院教科室杨向谊老师作"新课程背景下教研组长角色与作用"专题讲座,并当场展开互动,在开放式的环境中,围绕该专题畅谈感受,活动持续两个多小时,在不经意中,激活教研组长既有经验,使其明晰化。

(三)感悟和转换。旨在强化既有经验的改组。

1. 现场观摩与案例剖析

主题:如何开展有效知识共享活动.

结合前期的解读和畅谈,在两个多月时间里,组织教研组长自行设计教研组知识共享活动方案,在此基础上安排各教研组的活动开放日,每位组长需观摩一至两个教研组的知识共享活动,并开展对比辨析。

在比较的基础上,选择一次语文大组知识共享活动中当事者的答辩环节为例,探讨群体有效知识共享的操作细节。

2. 模仿性设计与开放性点评

以学校的《学会理性发怒——知识共享活动》方案和活动视频剪辑为例,开展有效知识共享方案设计,并在学校知识管理系统的教师研修交流模块中展开集中的方案交流点评,同时予以完善。此活动一方面解决了教师个体知识的局限,另一方面又有效地促进教师对相关知识的体验和感悟。

(四) 运用与再生

每位教研组长围绕专题精心完善一次有效的知识共享活动;组织一次后续的反思,撰写一篇知识共享活动的案例分析,总结并提供一个有效开展知识共享的方法和技巧。由学校知识主管会同专业人员筛选整理,形成了32字设计原则和若干做法,配以案例,通过学校知识管理系统集成公布,并入知识库积淀,成为日后的活动参照和进一步探究的再生点。

在共享活动的策划和实施中,因教师起初感到不容易理解,我们花费了比较多的时间与精力,组织教师不断学习和领会模式中四个环节的含义及其操作。目前,我校每学期所有的教育教学研修方案均以此为基本模板,在方案(计划)中以上面四个环节作为引导支架,安排并嵌入相应的具体活动,形成具有一定格式化的研修方案文本,进而从根本上帮助教师从知识共享的本质与机理来思考、构想和实施具体的教研活动,提高教师研修的实际效果。

表 3-3　高安路第一小学教研活动方案框架

专题	
时段	＿＿年＿＿月＿＿日——＿＿月＿＿日

环节与活动设计	
聚焦与定位	具体活动
发现与激活	具体活动
感悟与转换	具体活动
运用与再生	具体活动

活动效果分析与完善措施

第四节　促进教师知识共享的实施策略

提高教师个体知识共享能力的操作模式,为我们提供了一个比较可行的知识共享过程管理的实践框架,但是它毕竟还只是一个实施框架,必须要有一系列具体落实的实施策略才能达到预期的效果。本节将具体讨论这一问题,并给出几个比较可行的实施策略。

一、设计并实施动态的教师多形式组合

考虑到参与教师人数以及问题探究和辐射效应的需要,为了利于深入探讨和知识共享,知识共享的团队编组很有讲究,一般情况下有四种基本编组方式,详见表 3-4:

表 3-4　教师知识共享编组及作用表

编组形态	目　的　与　作　用
同学科同年级	解决本年级本学科具体的课堂教学问题,对一些操作性经验加以共享。
同学科不同年级	探究本学科在不同年级中的共性问题(如教学与教研的衔接等),扩大知识的共享面。
不同学科同年级	研究在同一年级中跨学科的项目学习或教育活动,使不同学科教师在共享活动中体会学生学习的综合性,吸收并理解其他学科教师的经验。
不同学科不同年级	研究和解决学校中带有普遍性的教育教学问题(如面对学生的过失如合理性发怒等),形成某些共识或规范,孕育并产生某些学校特色等,实现知识的全方位交叉流动。

有时为了更为有效的实现知识共享,促进知识的内化,随着问题的聚焦或展开,我们常常在一项知识共享活动的不同阶段,进行

分组上的变换，形成基于问题探究需求的多种编组串联，以增加每一位教师与不同知识背景教师的接触，增强教师发现、感悟和转换知识的意识与机会。

二、强化旨在澄清背景和问题的释疑答辩

每一次知识共享活动中起始阶段都可安排答辩环节，主要是当事者（执教或主讲者）以及小团队（备课组）围绕探讨专题接受其他教师的询问，以此呈现专题背景，让参与者进一步深入了解有关情况，掌握背景信息以及动因，辨明和剔除无关场景，为集中聚焦问题提供帮助，下面是一个语文大组开展释疑答辩的情况介绍：

从上学期开始，我们在教研组活动中设计和实施了备课组答辩的环节，就是在教研大组的研究专题之下，先由年级备课组（9位老师）集体备课，然后由一位老师代表备课组在全校语文大组活动中执教研究课，课后再由全体听课教师就有关问题提问，9位老师集体答辩。我们认为备课组答辩的形式在知识共享中的作用有三：一是帮助教师了解相关背景，二是引导教师澄清有关问题，三是激活教师的隐性知识。下面从两方面介绍做法。

1. 让教师充分地参与进来

组织答辩前，提前一个月左右，在学校研究的大专题下，备课组每位教师根据自身实际情况认领问题，问题的切入点要小，选取自己最感兴趣的、最需要的、与自身素养最贴近的问题，力求每个人都有可说的内容，这样教师在活动中才有研究的兴趣。

听完课后，安排半小时时间，组成若干个小组，在组内充分交流后，由各小组召集人梳理出本组的问题和建议，在大组里提问。在答辩的同时，由主持人针对不同问题作大致梳理，再由答辩组老师分头回答，这样参与的面就广得多。

提问过程中，主持人还可根据教师回答的情况不断挑起一些认

知矛盾,而这种矛盾恰好就是解决问题的根子所在,这样才能激起教师的思维碰撞。当然,这对主持人的要求相当高,也只有这样才可能达到"有效共享"的研修效果。

2. 让教师在批判中燃起激情

我们所倡导的集体备课的思维是"和而不同",鼓励教师对别人、对自己、对文本质疑和批判。

关于"语文课适度有效拓展"这一专题的答辩。听课老师的提问是"这节课为什么要设计这样的拓展资料,这些拓展的资料为这节课的教学起什么作用?"

答辩的老师针对教师拓展的一段战争的资料是否适度有效进行了一分为二的分析。从老师的回答可以看出,在不断的辨析中对拓展教学与拓展型课程的认识不断清晰。其实,这里只是针对一个问题的回答。之后,老师们又针对这节课提出了一些问题,它是一个引领教师澄清事实、辨析问题的过程,同时也是为后面的进一步深入研讨做准备。

答辩时或许还有问题辨析不清,活动结束后我们组织答辩组教师进一步反思批判:问题是否已经解决,自己的答辩是否将问题回答清楚,是否可以选择更清楚的答案。如果仍有问题未解决,可以在学校的知识管理寻呼平台上进行寻呼,做进一步讨论。

三、开展知识的过程性提炼与积淀

围绕某个专题或现象的知识共享,有时会产生各种观点,甚至知识分叉,如果不及时进行条理化的概括,就会造成知识积累困难或丢失。所以每次知识共享活动,无论是在哪一个环节,主持者(知识主管或知识编辑,见下文论述)都及时将琐碎的知识予以编码化和标准化整理,并及时在知识管理系统的互动平台上呈现,为下一轮的探究提供话题,如此往复,直至告一段落,最后将比较科学和有用的部分予以保存,供广大教师随时获取参考,从而将知识固化在学校的组织文化之中。

例：一次英语教研活动的知识过程性积淀

2006年12月的一天下午，英语教研组举行了一次题为"牛津英语教材适度拓展"的专题教研活动。在教研组长袁老师的引领下，本次教研活动是经历了题材选择、收集资料和课堂实践环节后的一次集体研讨，活动开始先由执教者将拓展的思路予以说明，包括两次教学中针对同一教学内容的不同拓展方式，之后教研组长提出了四个思考方向：拓展的内容如何选择？拓展中如何兼顾学生的差异？拓展效果怎样测评？如何处理原教材同拓展内容的关系？

接着，由执教者所在的备课组长分别对课中五个拓展教学环节进行简要分析全体教师边看视频片断，边听，边做记录。然后，其他备课组围绕上述四个问题与这个备课组的老师展开答疑互动，分别提出各自的想法或建议，此时袁老师将初步的论点加以整理，并呈现在学校知识管理的互动平台上。

随后，老师们依据自己感兴趣的问题自由重组，形成了四个专题研讨小组，分别对问题作深度研讨。这次研讨是基于上面答疑沟通基础上的展开与延伸，其间，各种观点不断出现，有教师说："教材的拓展不仅是教学内容的拓展，也是教学方法的灵活运用。"有教师认为："教学的拓展需依据学生的实际展开，不能一刀切。"还有教师感到："英语教材的拓展可以从多方面切入，比如词汇、语法等，拓展必须注意适度，不可随意，脱离学生实际。"一部分教师提出："拓展部分的考核应纳入学校的日常学生学业评价范围，以引导教学。"

经过头脑风暴式的探讨，教师的想法越来越多，同时也呈多向开放态势，教研组长袁老师迅速对这些观点、建议等加以进一步梳理并通过下表再次呈现在互动平台上。

表 3-5　牛津英语教材拓展实施建议

教　材	教学建议	完善意见
牛津教材	多角度拓展：如重点词汇、语法、事件的地点、人物等	
	依据实际，随机拓展，但不随意	
	兼顾学生差异，把握拓展程度	
	基础与拓展需整体考虑，作业和考察应有所反映	
	……	

　　同时，在活动行将结束时提示大伙作为下一轮课堂跟进实验的参照和指南，待进一步在教学中验证补充后补充至学校知识库的相关栏目。

四、灵活运用思维导图

　　美国学者南希·迪克辛从系统的角度提出了组织学习的模型，她认为组织学习的目标在于实现意义结构的共享，而非一般的"知识"或"信息"共享。据此，我们认为，团队学习中的思维导图技术可以在一定程度上帮助实现这一目的。思维导图是由英国人托尼·巴赞（Tony Buzan）创造的一种笔记方法，和传统的直线记录方法完全不同，它根据人脑活动的自然结构，以直观形象的图示建立起各个概念之间的联系，利用图示的方法来表达人们头脑中的概念、思想等，是把人脑中的隐性知识显性化、可视化，便于人们思考、交流和表达，以提高学习和工作效率的工具。它之所以适合团队学习是因为思维导图可以使知识外显，促进交流。人们在进行交流时外化知识的抽象程度不同，外化知识的情景也不尽相同，有时候使用不同的言语描述同样一个实例，有时候又以同样的词句指代不同的事物，从而导致人们交流时的困难不仅仅在于如何表达自己的思想，而更多的在于如何让别人理解自己表达的思想,因此就需要一种可视化的工具将知识外化,以更直观的方式表示出来,从而加速群体的知识共享和知识建构,这种工具就是思维导图。

作为促进教师专业知识共享的有用策略,在知识共享活动中灵活地加以运用,具有积极的操作价值,它可以在知识共享中作为教师个人思考和整理观点想法的辅助工具,更可以由主持人作为呈现集体智慧的手段和形式,以便将个体知识转变为团队知识,促进知识的积累。下面是学校在一次关于数学教学内容统整具体实施研讨活动中形成的团队思维导图。

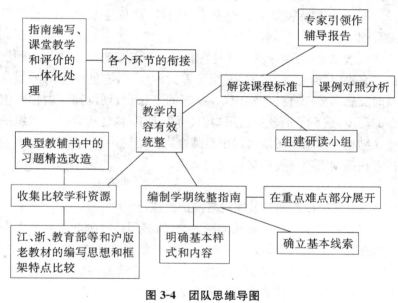

图3-4 团队思维导图

思维导图绘制的主要步骤是:

1. 把主题摆在中央。在纸中央写出或画出主题,要注意清晰及有强烈视觉效果。

2. 向外扩张分支。想象用树形格式排列题目的要点,从主题的中心向外扩张。从中心将有关联的要点分支出来。

3. 使用"关键词"表达各分支的内容。思维导图的目的是要把握事实的精粹,方便记忆。不宜把完整的句子写在分支上,多使用关键的动词或名词。

4. 尽可能使用符号、颜色、文字、图画或其他形象来表达内容。用不同颜色、图案、符号、数字或字形大小表示类型、次序等;尽量用容易辨识的符号。

5. 用连线把相关的分支连起来。以立体方式思考,使彼此间的关系显示出来。如在某项目未有新要点,可在其他分支上再继续。只须要将意念写下来,保持文字的简要。

6. 尽量发挥视觉上的想象力,用自己的创意来制作自己的思维导图。

一般来讲,思维导图往往是在教师知识共享进程中作为一种辅助工具来引导探究的方向,并留下探讨的轨迹,它便于参与的教师及时反思和梳理自己的知识,寻找新的生长点,创设知识内化和创新的环境,进而帮助教师运用知识,再生知识,构建起自己或组织的意义结构。思维导图既可以由教师个人在研讨中运用,更可以由主持者在活动组织调控中集中绘制呈现。

五、掌握相互间有效探询与辩护的技巧

知识共享是一种人际间的深入沟通,必须让教师学习并掌握一定的探询与回应技巧,以减少无关或多余信息的干扰,提高知识共享的效率。作为表达者,我们提出的思考要求是:我想讲清什么?我的依据有哪些? 我希望得到哪些信息? 作为倾听者,我们提出的思考角度是:对方的想法与我有何差异? 大家发言的共同点在哪里? 这些看似平常的自我提问,实际上是一种思维的指引,引导教师在共享中学会发现、学会辨析、学会概括、学会引申。

上述操作策略连同具体的活动一起,共同启动和推进该共享模式的螺旋递进运行。

第四章
知识共享中的人力资源支持

我们提出学校知识"人人是知识管理者"的理念,让每一位教师成为自觉的知识发现者、积累者、传播者、运用者和创新者,同时,根据组织中知识管理的基本要求,学校中的知识积累需要专门的人力资源支持,它可以分为学校层面的"知识主管"、教研组层面的"知识编辑"以及个人层面的"个人知识主管",本章分别予以介绍。

第一节 角色与作用

一、知识主管的角色

1. 知识主管角色的引进

知识主管这一角色是从企业引进的,知识主管也叫做知识总监(Chief Knowledge Officers),是企业为尽快获得、掌握和保存最有价值的知识,同时更好地进行知识创新而设置的重要岗位。知识主管的设立使组织中知识的创造、发现和传播达到最大化,从而提高企业的市场竞争力。

学校知识主管与企业知识主管不同,学校知识主管是学校在开展一系列挖掘知识、归纳知识和提升知识的共享活动中,为了使教师实现知识的习得、创新而设置的一个岗位。知识主管角色的引进为学校知识管理提供了人力资源的支持,因为人既是知识创新的主体,又是知识的载体,因此对人的管理(即人力资源的管理)是知识管理的核心内容,而学校是知识密集型场所,教师是知识工作者,知识主管岗位的设立能最大限度地实现知识创新,这既是学校内涵发展所追求的目标,也是知识管理的最高境界和核心内容。

2. 知识主管角色的定位

学校在三个层面赋予教师"知识主管"这个角色。

第一层面,人人都是知识主管。学校中每个人应对自己拥有的知识和需要得到的知识有清晰的认识和管理,人人都是自己的知识管理者。

第二层面,教研组长兼知识主管,也叫知识编辑。他肩负着组织教研活动,帮助教研组成员实现知识的发现、积累、流动和共享等职责。

第三层面,学校知识主管。随着学校知识共享平台的构建,为使知识能更快地被发现、流动、传播,使校本教研更有实效,学校知识主管成为校本教研发展的新角色,为学校知识的积累、流动和共享发挥了作用。同时,他还兼顾校际知识的积累和共享,不断丰富学校知识库。

"教师个人"、"教研组长"和"学校知识主管"这三个层面的知识主管既有共性,又有区别,他们权限不同,职责不同。

(1) 教师个人

"师者,传道授业解惑也。"这是传统的教师角色定位。近年来,随着信息技术的高速发展,经济全球化的进程日益加快,社会对教师工作质量和效益的要求空前提高。在这一背景下,教师角色发生了变化。如果仅仅从知识的传递出发去理解教育,教师只能是一个教书匠的角色;如果从每个学生的成长出发,那么,教师不仅是知识的传递者,而且是道德的引导者,思想的启迪者,心灵世界的开拓者,情感、意志、信念的塑造者。教师不仅需要知道传授什么知识,而且需要知道怎样传授知识,知道针对不同的学生采取不同的教学策略。现代教师的成长应该培植"反思"意识,不断反思自己的教育教学理念与行为，不断自我调整、自我建构，从而获得持续不断的专业成长。在此背景下，教师应做好个人知识管理工作，即树立"人人都是知识主管"的理念，重视个人知识的积累和共享。作为个人知识主管，教师还要养成知识共享的习惯，对于发现的有助于教育教学的经验和教训，能及时分析，并乐意与他人共享，充分利用各种渠道主动参与信息交流和知识共享。

"反思"是这几年被不断强调和凸显的一个词语。它被解释为优秀教师成长的一个共性特征。中国有句俗话也说，"师傅领进门，修行靠个人"，强调的是个人的努力。古人说，"每日三省吾身"，强调的是内省。

我校四年级的山岭老师将要执教一节市级作文教学公开课。初次备课时，山老师先将课文中出现的主要人物在整件事中的表现及他们的心理活动一一作了梳理，就像演员在表演前为所扮演的角色进行角色分析一样，细细揣摩每一个人物当时的心理状态，合理想象每一个人物当时的心理变化，把握每一个人物的精神实质，为每一个人物进行解剖分析。然后，再从学生的角度设想每一个问题可能出现的种种反映，以便于确定相应的指导策略。问题预设完了，关键就在于课堂上教师对于学生的回答进行适度评价，这也是在试教过程中她碰到的问题。

在试教过程中，对于学生的回答，山老师的评价显得有些空洞无力。经过专家及听课老师的及时点拨，她又对自己的评价语作了反思修改，根据试教中学生的回答及剧本中的角色特点，整理出以下几种评价思路：

① 可从学生交流时的仪表仪态出发；

② 可从学生所运用到的修辞手法出发；

③ 可从学生回答问题的角度出发；

④ 可从学生语言表述（诸如准确、连贯等）出发；

⋯⋯

做足了这个环节的功课,她对于正式开课时的评价环节,心中就有了底。市公开课上,在山老师的步步引导之下,学生对人物的理解逐渐走向深层次,更好地把握了文章主旨,因此,他们的独白设计比较精彩到位。课堂上,山老师力求做到在每位学生交流后,都能根据他们设计的台词的可取之处和存在的缺点进行及时的评价。

公开课后,学校组织全校语文教师进行了网上评课,大家的肯定使山老师从中得到许多启发。之后,作为个人知识管理者,山岭老师把大家的意见和自己的课堂感悟进行文字梳理。在此后的课堂教学中,山老师更加重视教师的评价语,以此提高自己把握课堂的能力,也由此发现了自己今后专业研究的方向,山老师欣喜无比。

综上所述,在《拥抱大树》一课的教学实践中,我们发现了山岭老师对自己的教学有一个比较完整的反思、实践过程。她在不断地推翻自我的同时,对自己已有的经验进行了否定和重构,尽管这种否定和重构是痛苦的,但是重新建构的知识经验有效地提升了山老师的教学调控能力,我们也从中看到了个人知识管理在教师专业发展中的作用。

(2)知识编辑

知识编辑是在教研组层面的知识管理者,在教研组层面,他必须在组内带领教师开展挖掘知识、归纳知识和提升知识的共享活动。他能辨析捕捉教学现象,提炼概括研讨专题,发现教师知识缺失,提供针对性学习资源,策划组织共享活动,概括整理专题知识,提交学校知识主管进一步筛选整理。

宋霞峰老师是数学教研组长兼知识编辑。有一次,她在听课过程中发现教师们比较多的会选择《空间与图形》单元的内容,说明教师对这一单元的内容比较感兴趣,但是在课堂中,反映出教师比较局限于本年段的知识,教学视野不够开阔。于是,她想在教研组内开展关于几何教学的学习。宋老师选取了《几何原本》一书,在导读的基础上带领大家开展自学,再引导教师结合教学实例进行讨论。学习中,大家读读议议,气氛非常热烈。

活动过后,宋老师将学习全过程的视频挂在学校教研交流平台上,邀请教研组老师就本次学习谈谈体会。有的老师说,通过数学教研组的学习,在研读、交流、争论中,了解了几何知识教学中学生的心理需求,教师所采取的教学策略,以及其中的理论依据。新旧教材的交流,低、中、高年级的交流,使大家熟悉了教材,初步明确了教材螺旋上升的体系,对自己的帮助很大。也有的老师说,这次的理论学习,受益最大的是使一些较抽象的理论知识与平时上课的实际操作很好的结合起来,并且让自己对几何方面的教学有了更进一步的认识。通过文本的解读和各位老师的讨论解决了自己对几何教学的困惑,所以觉得开展这样的教研活动还是很有必要的。有的老师提议,如果能在活动之前将学习的材料先下发,可能效果更好。

这次活动由于作为知识编辑的宋霞峰老师在全面深入地了解本学科教学的动态情况基础之上,选取了难度适宜的学习材料,有针对性地解决了教师工作中的困惑,取得了较好的效果。

3. 学校知识主管

作为学校层面的知识主管,应能在学校知识管理中发现和鼓励教师的知识分享行为,洞察教师知识缺失,组织跨学科、跨年级教研组知识共享活动,帮助发现和整理学校中重要的关键知识,不断完善学校知识库,做好学校领导与各职能部门之间的知识传递,为学校工作建言献策。

知识主管的设立为学校发展提供了新的视角,可以用一个比喻来诠释:如果把学校知识比作水的话,那么知识主管就是要使教师由"没有意识到有水"到"帮助其找到水源",由"水少"到"水多",由"水浑浊"到"水清澈",由"水静止"到"水流动"……学校知识主管与一般管理者不同,这个职位无先例可行,具有挑战性。

二、学校知识主管的必备素质

学校知识主管的素质取决于学校知识主管的职责要求,依附于学校知识主管的角色,但又存在着较大的自由发挥空间,是学校知识主管研究的永恒话题之一。可以肯定,不是任何人都能够担任学校知识主管的,因其需要具备一定的素质,究竟学校知识主管需要具备哪些素质呢?

1. 较高的学识

在日常的教学活动中,学校知识主管自己必须具有较高的专业素养,前瞻的教学理念,丰厚的文化底蕴,能以身作则地指导教师,使教师获得最大的帮助。在扮演导师角色时,学校知识主管在指导任何事情时须先解释原因,当教师了解为什么要做这些事,才会有动机去执行。作为教学专家,学校知识主管必须了解哪些教育教学理念有助于知识的获得、存储,尤其是共享。学校知识主管还应具备较高的理论水平,因为较高的理论水平不仅能指导自己的工作实践,而且容易得到同事的认可。此外,学校知识主管要让教师感到受尊重的感觉,而不是居高临下地指导。

2. 敏锐的眼光

学校知识主管不是普通的教师,他应有一定的"高度",即敏锐的眼光和较高的提炼水平。敏锐的眼光可以从平常现象中发现异常,可以及时发现教师身上的闪光点、突破点,并将其放大、提炼或归纳,或在适当的场合进行宣传。这样不断地提炼,才能使散落在学校各处的隐性知识不断系统化,才会形成带有规律性的知识,这样的知识才是有价值的。

学校知识主管还要用宽容的态度积极聆听各种不同意见,并把各种意见和自己的意见综合比较、正确判断,在较短时间内去伪存真,弃粗取精,进行优劣抉择,提出更合适的意见,这是一种高层次高要求的智慧互动,能在最大程度上调动智慧的生成。

3. 组织的才能

学校知识主管必须是富于创业精神和主动性的人,他对学校的发展和创造性的发挥感到兴奋,这就要求学校知识主管具备较强的组织能力,能引导教师自觉学习和学会互动技巧,能组织教研组成员开展共享活动,帮助各学科知识编辑周密设计、策划共享活动,使教师间展开良好的人际互动,这种良好的人际互动包括尊重、专注、容忍、理解、表达、对话、讨论、争辩等。

学校知识主管在工作的过程中,对教学中存在的共性问题,要有强烈的问题意识,能及时捕捉问题研究的契机,引领教研组教师共同参与研究,引导教师们选择恰当的问题,作为研究的对象,在研究的过程中,学校知识主管帮助教研组长动态把握研究的进程,不时调整研究的策略。

4. 亲和的素质

学校知识主管还是一位环境专家。因为知识共享也是情感交流,担任环境专家意味着他要设计利于知识共享的良好氛围,鼓励教师集体开发知识、共享知识,并提供最方便快捷的平台,使知识在校园里流动起来。因此,学校知识主管必须热情开朗,为人随和,能和教师打成一片,积极营造共享氛围,让教师在快乐中参与共享活动。而教师的快乐来自良好的人际关系、愉快的工作氛围、自我满足感、对生命意义的感受,以及对社会活动的参与。学校知识主管必须倾听他人的建议,如果意见合理并符合其知识远见,则将其引进并加以培养。由此可见,学校知识主管良好的个性特征能够营造和谐的人际关系,而学校文化品位的高低在很大程度上见诸学校的人际关系。

以下是摘自《上海教育》的一篇报道:

学校知识主管,一个新鲜名字的背后,演绎的是一则如何让老师之间知识流动起来的现代故事。这个名字或者更恰切地说学校里这个人物的出现,是有意义的,这一点从上面文章的字里行间我们是能够体会的。在我的理解中,高安路第一小学的这个"学校知识主管",有点类似于一个"校内教学视导"。在学校里,他有三重角色定位。

第一,他是校内学术权威。他有着较好的学术功底,也有着良好的人格特征。虽然他有自己固有的学科背景,换言之,他不是什么都行,什么都高明。然而,他的比较宽广的眼界和专业素养,决定了他能够对不同学科老师的问题给出独特的建议,成为改善校内教师教学的专业支持者。

第二,他是教师的伙伴。之所以称他为伙伴,因为他不具有行政的职能,他不是校长的"质量监理"。他进入教研组,和老师面对面讨论时,只有一个目的——平等地和老师探讨教学问题。他的存在为老师们提供了了解多方面信息、吸纳同伴经验的信息渠道。老师和他相处时,可以从他身上获取经验,也可以通过他的眼睛发现自身的长处,建立自信。由此看出,他和老师是天生的、学术互补的伙伴。

第三,他是校长的智囊。由于他的较高的学术素养,由于校长赋予他特殊的职能,所以他的建议容易为校长所采纳,能够成为校长的重要参谋。他给校长的建议有两种:一是比较全面地诊断反映学校的教学状况,为校长改进教学管理提供咨询;二是发现教师中的有效经验,优秀典型,并通过学校管理的渠道,在全校推广,让知识在学校里,在教师中间流动起来。

发现知识、传播知识,"将最需要的知识在最需要的时候传给最需要的人",这是知识管理。透过上面的行文,我们也看到了校长的现代教学管理理念——摆脱传统的以人事管理为中心的模式,而代之以知识管理。正是有了知识管理的指导思想,所以高安路第一小学的"学校知识主管"或者说"校内教学视导"这个角色能够在学校的校本研修中发挥一种很好的促进与推动作用。

正如事物都有正反两面一样,学校知识主管是否能够发挥很好的作用,是受一些因素制约,需要一些相应的制度加以保障。这其中,有对学校知识主管个人素养的要求,同时对校长也提出了一些要求。

首先,校长的职能不能放松。学校知识主管不能代替校长对整个学校教学情况的直接了解,但能丰富校长的了解和认识,鉴于此校长对学校教学情况的深入了解是不能或缺的。

其次,学校要积极地引进校外的其他专业引领资源。因为这能弥补学校知识主管思维的可能缺陷,从而丰富教师可以利用的专业资源。

再次,需要营造学校民主平等,崇尚研究,主动发展的氛围。因为这个氛围强了,权威过强而可能产生的发展上的偏差是完全可以避免的。

——王洁:《学校知识主管:推进校本研修的新角色》,《上海教育》2006 年第 4 期。

三、学校知识主管至关重要

不难理解,知识管理的实施极为复杂,相当多的隐性知识都埋没在工作当中,那么学校知识主管该如何把杂乱无章的信息提取出来,成为对学校真正有益的知识呢? 这里就需要研究"三个最需要"。因为知识管理的目标是使学校教师能够快速而方便地获取所需要的知识,通过把最恰当的知识在最恰当的时间传递给最合适的人,实现最佳的决策,所以"三个最需要"至关重要。

1. 谁是"最需要知识的人"?

我们知道,知识的载体是人。可今天,谁是"最需要知识的人"呢? 有这样一个生动而简单的例子:

在高尔夫球场里,一个好球童会不失时机地向高尔夫球手提供某些建议,这些准确的建议使球童拿到了更多的小费;而从球童建议中获得利益的高尔夫球手则可能下次再来这里打球。这时,经理们会把最好的建议收集起来,将这些信息汇集并发给所有球童。于是,一个良好的知识管理计划便带来了多赢:球童的小费更多,球手打得更好,球场主也因此获利。

由此可见,球童、高尔夫球手、球场主人都是最需要知识的人。同样,学校是知识密集型场所,教师是知识工作者,学校知识管理主要是关注教师专业化发展,西方发达国家最先创办了一些地方的教师专业发展学校,这和学校的知识共享平台有些类似,都是教师学习知识的场所,从这个意义上说,教师是最需要知识的人。教师的专业水平提升了,学生可以获益,家长负担减轻,这种良好的知识共享平台同样可以带来多赢。

2. 何时是"最需要知识的时候"?

先看这个案例:

教三年级的语文老师经常遇到这样的现象:有的学生一年级成绩很好,可上了三年级成绩明显下降;有的学生一年级成绩很差,上了三年级,又该怎么办? 怎样指导学生由低段顺利过渡到中段呢? 这是师生当务之急,也就是最需要的问题。抓住了最需要的问题,就着眼于"低中年级衔接"进行研究。语文教研组长兼学校知识主管景洪春老师将低中年级教师集中起来,以"课堂教学抓渗透、练习设计抓落实"为基本思路,开展了一系列知识共享活动:请刚从高年级下来任教一年级的王琼老师执教了一节研究课,并请低中年级老师一起来观摩研讨。课上,王老师将句、段等高年级的语文知识渗透在阅读教学过程中,既不拔高要求,学生学得又很轻松扎实。课后,又从教学理念、练习设计等方面对低中段语文教学内容、要求、方法、手段的差异进行了探讨,使教师明晰了语文教学的针对性,对学校语文教学有借鉴、警示和指导作用,大家普遍都认为这样的共享活动收获最大。共享活动使大家形成了共识:解决低中年级的衔接问题,课堂教学是主阵地。发现薄弱环节可以及早加强,既集中精力把劲儿用在刀刃上,又避免中段的重复教学,提高教学效率。

以上案例说明,选择好"最需要的时候",就能实现教师间的深度碰撞。学校知识主管敏锐地洞察到这一瓶颈问题,在二三年级教师、家长和学生都有共同困惑时及时开展共享活动,教师的积极性高。这一活动通过学校知识主管来组织,打破了传统的以年级为单位的教研活动的局限,而这些策略在此学段其他学科亦可适用,从而使一次共享活动的效益达到最大化,使参与教师方便而快捷地获取到最需要的知识。

3. 教师"最需要的知识"是什么?

教师"最需要的知识"是什么?随着时代的发展,教师职能的深刻变化,没有反思的教学,缺少研究的教育已经不能满足未来的要求了,教育研究回归中小学教师已成为历史的必然。现代教师的一个重要特征就是实践知识理论化、理论知识实践化,提高课堂教学效益的方法即实践智慧是教师最需要的知识。

对职初期教师来说,由于刚走上岗位,对教材与教学内容的把握不够准确,因此如何正确把握教材和教学内容便是目前她们最需要的知识经验。又如在小学低年级英语课堂教学中,单词教学占了很大的比重,词汇是学生学习的重点,所以,如何有效地进行单词教学,是低年级英语教师所需要掌握的教学方法。

因此,工作中,学校知识主管、知识编辑应多将"我"变成"我们",将"我的"变成"我们的"。也就是说学校知识主管善于发现教师知识的局限,即教师需要哪些方面的知识,并为他们提供针对性的策略包括文本学习、理论支持等。学校知识主管通过把最需要的知识在最需要的时间传递给最需要的人,实现效益的最大化,从而推动学校发展。

总之,解决了以上三个问题,我们就能使知识共享活动达到有效,而不是为了共享而共享,同时,也能使知识共享活动达到循序渐进。

结语:

要使学校知识管理得以成功实施,学校知识主管必须对知识、对激励人以及对追求成果都充满热情。这三方面的热情缺一不可,学校知识主管应当成为一流的激励大师,并永远保持对知识共享成果的热望和追寻。

第二节 实 务 与 操 作

一、知识的发现

学校知识主管的工作是支持性的工作,根据瞬息万变的信息和自己的经验为校长提出决策建议,并确定教师必要的知识基础,便是学校知识主管的责任。学校知识主管的工作流程包括知识的发现、知识的集成和知识的传播等。详见图 4-1。

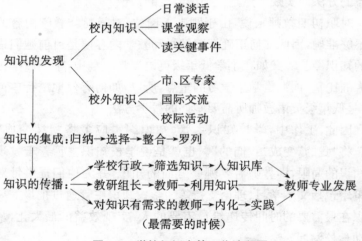

图 4-1 学校知识主管工作流程图

(一) 校内知识

对于学校知识主管来说,发现知识的途径主要有校内和校外。诸如日常谈话、课堂观察和读关键事件都是发现校内知识的主要途径。

1. 日常谈话

日常谈话也可称为"读人"。知识主管生活在教师群体中,可以和教师有很多非正式的谈话,从这些很随意的日常聊天中能发现教师身上的闪光点,发现教师自己并未觉察的隐性经验。

在教师的隐性教育观念系统中,有些可能符合新理念,有些经过重组或升华后可能符合新理念,有些则不符合,需要进行清理更新。学校知识主管在对教师的隐性知识进行解构与澄清时,使教师有可能重构自己新的教育观念。当然,这是一个持续不断的过程,作为学校知识主管,应保持这种兴趣和敏感性,有效地发现教师、解读教师,进而调整教师、提升教师,使教师的教育观念与时俱进,教育行为同步优化。

学校知识主管在参与各学科教研活动时,应及时捕捉有价值的、具有代表性的、适合教师需求的反思点组织教师深入讨论。在反思不能深入时,学校知识主管要不断激起教师思维碰撞,引导教师不断发现问题,产生矛盾,进而展开讨论,把反思引向纵深。知识在生产、传播、使用过程中有不断被丰富、被充实的可能性,学校知识主管要善于放大亮点,与教师共享收获。

2. 课堂观察

课堂观察也可称为"读课"。知识主管经常分析教师的教学行为,包括听课、看教研组活动录像等,学校知识主管要有帮助教师确立"把自己的言行活动作为研究对象"的明确意识。学校知识主管要注意关注课堂上的教师,特别是关注教师的情绪反应、与学生的交流方式、对课堂的调控等,通过自己敏锐的发现,促使教师自我觉察敏感性的提高,从而揭示教师的隐性知识。

大凡学校,都存在年级组、教研组、课题组等大大小小的团队,这些团队的围绕课堂教学的活动也是异彩纷呈,知识主管在参与、组织这些课堂活动时,也会发现其中的精彩处,他就会从学校层面去思考:这样的活动可行吗?是否值得在校内或校际推广?是否在活动形式上需要商榷?再比如,由于课堂观察的角度不同,所获取的信息也不同,知识主管可以从学生的整体表现来发现班级或年级的整体风貌,并以此来判断学校校风建设中的可取之处和今后需改进的地方。知识主管常常从教师个人、教研组、学校层面发现有价值的知识或值得警醒的问题,从而为学校决策提供依据。

3. 读关键事件

课堂观察也可称为"读事",包括解读教师身上的关键事件和学校组织的一些重大活动,并梳理和分析教师的缄默教育知识哪些是条件性知识,哪些是程序性知识,了解学校教师所追求的价值是什么,正确把握教师专业发展的方向。

学期结束,我校开展了"感动高一人物"评选活动。先在学校网站上宣传这项活动,让教职工人人知晓。再根据网络投票,初步确定出人选。接着从这些人选中挖掘他们的感人事迹,再由校务会通过,产生人选。在这一过程中,被选上的教师本人并不知道。在隆重的学期总结工作会暨三奖表彰典礼上,在大屏幕上看到学生、家长、同事及家属对自己工作的高度评价时,三位"感动高一人物"自己也被感动了。从知识共享角度来看,这就是将平凡人物身上的隐性知识进行挖掘,这种评选活动的本身就是学校在尽量拆除交流的障碍,并把对知识的贡献与机遇和发展挂钩。被选上的教师默默无闻地做着一些平凡小事,但学校正是需要这样的教师群体支撑着,因此,类似活动无疑为大多数一线教师提供了更多的发展机遇和空间,这就是知识共享给教师专业发展带来的好处。

由于教师的隐性教育观念是由缄默知识形成的,因此,如果教师缺乏自我觉察的敏感性,一般情况下就难以觉察到。我们常常看到,当教师在对自己的隐性知识进行梳理时,还不能清晰地用语言来表达,使其完全外显。如上述三位"感动高一人物",她们对自己的当选感到吃惊,或者说她们认为这些都是自己应该做的,这就需要学校知识主管来帮助教师提高自我觉察的敏感性。

(二) 校外知识

校外知识主要来源于教师参与的全国、市、区级各类学习培训、名师研修等活动,还包括和专家交流、校际间的团队学习以及国际交流等。以下列举三种主要途径：

1. 和专家交流

提升教师专业水平需要各个层面的专家指导，我校也经常将市、区学科专家请上门指导。专家在指导教师分析教材、上研究课或撰写论文的过程中，常常会和教师有一些思维的碰撞，学校知识主管在参与的同时，也会发现专家的高屋建瓴，更会发现教师在专家指导下的那种灵感的迸发，在交流中学习与提升，使教师实现从显性知识到隐性知识的转化。

2. 校际联动

近年来，我校多门学科和市、区等数所学校开展了校际联动，这些校外知识的引入使知识共享的内容更加丰富。比如我校英语组将市名师研修班的培训模式引进到校内，对教研组成员进行不同类别的重组，增大了组员间共享的机会，使共享的形式更丰富。再如我校语文组将市"两纲教育"实训基地的"文本细读"培训形式和内容移植到校内，既让教师能及时学到市区专家的先进理念，又使教师对文本细读的方法有了全新的认识，校本教研的形式也变得丰富多彩。

3. 国际交流

教师外出学习后，都必须在校内进行上汇报课、讲座、交流学习体会等形式的共享活动，国际交流也不例外。由于国际交流能使教师视野更开阔，教师的感触更深。知识主管在这些活动中也会发现教师的比较鉴别和自我反思的过程。

以下片段节选自我校赴台湾教育考察团教师的考察报告：

台湾的课程设置似乎不像大陆那样有比例，学校设置和开发课程的灵活性和空间较大。学校在课程开发委员会或在教学处都成立了课程组，负责学校的课程开发和资源利用，为教师更好地实施课程和提高课程实施质量提供服务。校本课程的设置主要基于学生需求、学校硬件设施、社区文化和教师特长等。

在和台湾教师的交往中，我们有一个共同的感觉，台湾教师的整体素质较高,待遇优、地位高。职业的认同感受强,非常敬业,职业修养较好,绝大多数教师的脸上都洋溢着祥和的笑容。

——夏琛

台北静心小学的学生就是这样学习着,阅读着,在爱的阳光下沐浴着,接受着人文教育。静心小学不仅关注学生的知识学习,更关注学生的生命成长,重视与自然、与人、与家庭、与社会的和谐发展,使学生在具备健全人格的基础上,掌握知识和技能,拥有良好的情感、态度和价值观,提高服务社会的意识和能力。培养学生人文精神、提高学生人文素养是我今后在教育教学中努力的方向。

——周蓓

除此之外,知识主管通过自身不断的学习和提高,夯实了基础,提升了视野。

学校知识主管发现知识的途径还有很多,比如当知识主管通过自己的学习与阅读吸收了大量的国内外先进的教学信息,当他感觉这些知识对学校教师专业提升大有好处时,他就会利用各种场合予以传播。知识是无处不在的,正因为知识主管有着敏锐的眼光,所以他才能不断地发现与传播,知识就在校园里流动起来。

二、知识的集成

当知识主管发现知识后,须对知识进行加工,也就是对知识进行"集成",知识的集成包括知识的归纳、选择、整合和罗列。只有这样才能让知识传播给有需要的教师。

1. 归纳

归纳的途径有两种:一是知识主管在与教师交流时随时随机地帮助教师归纳隐性知识,二是为教师提供隐性知识转化为显性知识的理论支点。比如教师坚持记教育日记是积累隐性知识的很好的途径,但如何将这些隐性知识显性化,需要学校知识主管适时提供合适的可供教师参照的理论支撑。

在组织跨学科、跨年级知识共享活动中，学校知识主管想方设法为老师们提供交流的"场"，促使老师们自主发现自己已有的、但并未意识到的隐性知识，并使这种发现逐步由无意识转为有意识，并为他人共享。

每位教师都拥有丰富的教育教学经验，这就是隐性知识，但它难以用语言来表达，隐性知识在共享过程中的难点在于知识的体会与领悟，只有通过教师在共享过程中传授与沟通，才能达到有效。我们常常要求教师在交流后认真整理交流资料和个人体会，因为这是把隐性知识转化成显性知识的过程，这个转化过程既是学校特色知识的形成过程，也是知识创新过程的关键，而学校知识主管则在其中起专业支持的作用。

每所学校都有一批优秀教师，知识主管应能帮助优秀教师建立个性化操作体系，不断引发知识创新的螺旋上升运动。教师不仅仅是一个知识的消费者、传递者，而且也是一个知识的创造者、生产者。对于学校少数优秀教师来说，知识主管应帮助他们建立个性化操作体系，使其实现个人知识的创新，步入专业发展的新起点。主要包括以下几个程序：一是理性探寻。即研究优秀教师身上的闪光点，为建构个性化操作体系奠定基础。二是有效提炼。即把隐含于优秀教师头脑中的零星的实践智慧变为显性、系统的理性知识，帮助优秀教师提高自身教学的针对性、实效性。三是实践检验。帮助优秀教师把提炼的个性化操作体系在实践中进行反复检验，使之潜移默化地内化为自觉行为。

教低年级的俞文岚老师是上海市园丁奖获得者，区两届"育人奖"获得者，在班级管理方面有独到之处，她也常常撰文总结班主任工作经验。但我们总感到其辐射力还不够，这也是许多学校存在的共性问题，即知识转换过程中外在化有障碍，正如波兰尼所说"我们所知道的多于我们所能说出的"。发现了这一现象，学校知识主管景洪春老师在整理俞老师的"育人奖"材料时，对她进行了访谈、调研等一系列发现隐性知识活动,在聆听俞老师讲述"请学生吃比萨"、"奖券的风波"、"不输在起跑线上"等故事中,学校知识主管景老师逐步发现了俞老师的良好育人特色——严中有爱,润物无声。于是她和校领导一同讨论如何抓住教师专业发展过程中的这一瓶颈问题,将该教师身上的隐性知识不断显性化、系统化。

近两年,学校选派俞老师参加区班主任带头人培训班,推选她参加区"育人奖"评选,并帮助她挖掘育人事例,将她的隐性经验系统化。这样的方式就是让学校优秀教师研究自己的"专业成长史",教会他们怎样理性看待自己平时默默无闻的工作,并试图提出自己的教育理念。通过这些优秀教师的引领,辐射到全校教师,在这个向专业化迈进的过程中,促使教师不断升华专业思想,形成良好的专业行为。

2. 选择

对于教师来讲,在长期的教育教学实践中积累了丰富的经验,这无疑是一笔非常宝贵的财富——隐性知识。但是,教师必须懂得,经验犹如一把双刃剑,它可以使我们更加便捷地获得成功,也可以使我们因此而固步自封,缺乏创新。毫无疑问,教师需要经验,但是对待经验只能借鉴,不能完全照搬,甚至还要对经验进行不断地选择,否则经验将阻碍我们获得更大的成功,这个选择的过程就需要知识主管来做。

对不同年龄的教师,选择有所不同。对经验丰富的老教师,要最大限度地留住他们的宝贵经验,并创造条件使其将经验传授给年轻教师;对骨干教师,应能从课题研究、经验挖掘等方面突破,强调对他们的"深度解读",读出他们的亮点,读出他们发展的方向;对教龄短的新教师,则重在"深度转化",帮助他们观察和模仿周围教师的工作,通过实践掌握知识和技能,从而转化为自身的教学行为。

3. 整合

每年开学时,任课教师和班主任变动较大,在这种变动中,往往隐藏着许多丰富的隐性经验。知识主管景老师和学校领导讨论后,设计了一次"学年衔接"的知识共享活动,与传统的学年交接活动所不同的是,我们不仅开展了教师间、班与班间的交接工作,还要求教师将这些经验记载下来,并且设计了教研组活动经验的知识共享活动(见表4-1)。

表4-1 学年教师新接班交接记录

年　　　月　　　日

教师姓名		任教班级		前任教师姓名	
班干部名单及职务					
学习困难生名单及简单情况					
行为习惯差学生名单及简单情况					
其他特殊生名单及简单情况					
班级学生行为习惯概况			前任的教育方法手段等情况		
班级学生水平及能力、特点			前任的教学方法、手段及作业布置等情况		
前任班主任工作建议:					

教过新教材的教研组将值得借鉴的教研组活动的经验和要吸取的教研组活动的教训及时与新教研组共享,实现了隐性知识的流动。活动结束后,学校知识主管景老师将共享活动中老师好的做法和经验整理好并挂在学校知识库上,供其他教师随时选用,实现了知识的整合。

4. 罗列

知识的罗列可以理解为知识主管在帮助教师提升相关隐性经验后,将这些宝贵的个人或团队经验——罗列出来。这种罗列不是简单机械的排列,而是把各种隐性经验相互匹配起来加以分析,从中得出一系列相应的结论(如对策等),成为学校共同知识。

知识主管在平时的工作中,除了发现、传播教师的隐性知识外,在自身的学习、工作和生活中,始终是在有意识地去发现、思考、比较、鉴别。因此,知识主管个人的一种知识共享的状态,也常常会影响到周围的教师,这种潜移默化的影响使共享的质量更高。可以这样说,知识主管将自己整合后的经验传播给教师时,教师会很轻松地接受,因为知识主管就是这个团队中的一员,在这个团队中,学校知识主管充分体现了专业的领导,体现了共享的理念,而不是行政或权力的领导。学校知识主管作为教学专家,用专业的方法和教师共同反思、归纳、提炼,当所有教师都能自觉地实现时时处处共享时,就达到了知识管理的理想境界。

三、知识的传播

1. 面对面传播

在知识经济环境下,学校管理结构也日渐趋向扁平化结构,它减少了管理层次,更有利于实现学校内部知识的交流和共享。学校知识主管便是我校管理扁平化结构的产物。人的智慧和人格作为一种潜能,潜藏在每个人身上,但这些潜能又不能像自然界中的金矿、银矿那样由别人用机器或工具去开采,而是提供一种合适的情境,在他人的引导和帮助下,自己来开发的。自己不知道怎么开发,他人可以启示他、辅导他,但最终还是由他自己来做,这个他人就是学校知识主管。这个开发的过程可以称为"传播"。

(1) 学校行政

学校知识主管还须将形成的学校系统知识传播给学校行政,学校行政再对其进行筛选,最后进入学校知识库,供教师适时选用。知识管理还包括对学校各种信息和人员的管理,会涉及学校中的每一个人。而学校知识主管以其特有的视角,不断地发现学校教师中的典型事例。因此,他可以为学校管理提供有关信息和参考建议,为学校正确决策提供有力支持。

在学校 50 年校庆之后,学校知识主管景老师发现学校的陆敏老师为自己缺少教学成果感到发愁,而在这次校庆活动中她的班级竟然为学校联系到了七辆车,不仅解决了本班的学生接送问题,也为其他班级解决了难题。捕捉到这一亮点,景老师便把这一典型事例和陆敏老师分析,使之明白七辆车的背后,蕴含着的是和谐的家校关系,而这种良好的关系的形成,作为自己一定有许多隐性的经验在发挥作用。经过学校知识主管一分析,陆敏老师豁然开朗,通过回顾自己的工作,以及和学生、家长接触的点点滴滴,一口气写下了《由七辆车看和谐家校关系的建立》一文。在陆敏老师总结自己的工作经验的同时,学校知识主管也及时向学校领导汇报了这一情况,从而提醒了学校领导发现在 50 年校庆活动中一定有不少类似的典型事例。于是,校庆结束后的两周,学校开了一次校庆活动回顾会,将校庆活动中好的经验加以宣传、总结,陆敏老师也作了典型发言,后来经过整理,此文发表在《徐汇教育》上。

(2) 教研组长

在组织跨学科跨年级的共享活动中,学校知识主管常常会有一些意外发现,这些经验可为学校其他教研组借鉴,此时,就需要学校知识主管将这些知识传播给教研组长即知识编辑,继而再传播给教师。

（3）对知识有需求的教师

学校知识主管以其特有的视角不断发现教师中的典型事例，分别将知识传播给对知识有需求的教师，帮助其不断在实践中内化知识。

2. 网络传播

学校建立了以信息技术为支撑的知识管理系统，通过这个系统，学校知识主管将经过集成后的校内外知识在最需要的时候传给最需要的人，使学校内部的知识资源得到充分利用和共享。相比面对面传播，这种传播便于知识的查询和整理。

在传播过程中，学校知识主管需要经常对信息化平台中的知识资源实施科学的管理和维护，对教师的知识进行过滤、筛选、审核和评价，信息平台上教师的知识资源需要不断更新才能真正发挥这个信息资源库的作用。

又到了学期结束的时候，老师们除了忙着完成质量分析、撰写学生成长记录册外，还要完成本学期个人知识库的上传工作，这已成为一项常规工作：即学期结束时，每位教师将自己本学期的公开课教案、随笔、论文等分类上传到个人知识管理库中，而这个库又和学校的知识库是相通的，只有经过知识编辑的审核，教师上传到个人库中的知识才会成为学校知识库中的共享知识。而审核的标准就是所上传的知识必须是有价值的、原创的，并在一定范围内已认可的知识。

知识编辑在审核教师上传的知识时，一方面要本着鼓励教师积极共享的原则，尽可能地让教师上传的知识在学校知识库中共享，另一方面，通过审核，促使教师在整理个人知识时，不断修正、完善自己的隐性经验。对一些非原创、没有共享意义的知识，知识编辑不予审核通过。这样，一方面形成一个导向，只有有价值的知识才得以共享和传播，另一方面，达到个人知识的积累和学校知识库的不断丰实。通过对知识管理系统的审核与管理,使教师的教学经验、班主任的治班方略、与家长沟通的艺术等教师的隐性知识显性化并保留下来,学校像珍惜固定资产一样珍惜知识的无形资产,形成学校的核心竞争力,这也是知识管理的根本所在。

以前知识管理作为一个理念提出来的时候,也有一套实施的方法,但是实际上还是缺乏有力的手段,比如教师不配合或者不愿意共享的话,学校知识主管都没招。现在与教师绩效考评结合在一起。学校流程管理鼓励教师把知识递交出来,并作为流程管理的其中一项指标,学校知识库也有自动记录积分功能,即将知识共享的积分与教师的年终考核结合起来,这样知识管理和学校各项工作的展开紧密联系起来,不再是单纯的知识管理。

知识管理的境界在于创造一种促使人们不断学习的组织氛围,强调内在的知识积累,并在此基础上实现知识的创新,从而体现自我价值和知识更新。我们期待着学校知识管理这种新型的管理理念,能促进学校建设成学习型学校,让所有的教育者享受到教育的幸福。

附:一个学校知识主管的自述

2005 年 7 月,我来到了高安路一小并担任学校知识主管。在同事们"CKO"的玩笑声中,我开始了摸着石头过河的探索,同时也感到了压力与责任。因为是全新的角色,所以我要求自己凡事多问、多看、多做、多想,渐渐地,我和大家都混熟了,我也在融入这个团队的过程中收获了许多……

(一)一个音乐老师的教育智慧

教音乐的范丽洁老师是一位幽默有趣的老师,在学生中呼声很高。临近学期结束,我偶然间发现了这样一个有趣的现象:三年级九个班的学生在音乐老师范丽洁的带领下,在音乐课上写起了自我评语,那些稚嫩的语句,中间还夹杂了许多时尚的词语,我以学校知识主管的敏锐发现了这些有趣的材料,并饶有兴致地走进了这些孩子和他们的音乐课。

以下是摘自几位三年级学生在《成长记录册》上的自我评价：

我有时候会很烦恼，但是我只要唱起范老师教过的歌，就会感觉心情非常舒服，一会儿就没有了烦恼，但是我有两次没带书。我觉得没带书是很不应该的，我从今以后再也不会不带书了。

——王冰莹

我 super、super、super、super 加一亿个 super 喜欢范老师和我亲爱的音乐课，虽然，有几次我没带音乐书，但我会改正的。哎呀，憋死我了，我要说：我爱你，音乐课，就像老鼠爱大米，你是我的生命。

——单丹丹

我的表现：现在范老师开始了对我进行"养护"。（注释：得病——讨厌音乐课）现在我得了音乐毒品发狂症，音乐课和范老师是我生命中的 90%。

音乐课：I love your music. 范老师，你是 42 脚，我就是 43 的鞋，你是华盛顿，我就是布什。你比超级女声要 super 999……倍。

——杨天钦

作为非主要学科，怎样抓住孩子的心，是最重要的。孩子对事物总有喜欢到不喜欢的过程，关键是如何既让他们知晓课堂上必须遵守的校纪校规，又培养他们良好的向善的情感态度，这也许是最重要的。

那是一个晴朗的星期五早晨，范老师像往常一样，把我们带到舞蹈房。那天我们学的是一首名叫《我给太阳提意见》的歌曲。随着"拉拉拉，法嘟拉，溪溪溪，溪溪扫米"的旋律，陶醉在音乐中的我们也不由自主地唱了起来。

"下面，我们来排一个音乐课本剧！"范老师面带微笑地说。"耶！"我们高兴地欢呼起来。"先别急，我来分配角色，我演太阳，你们演提意见的同学，好不好？""好！"我们兴奋得一蹦三尺高。当我们唱到"我给太阳提意见！"的时候，只见"范大太阳"拿起了她的手机，说"是谁给我提意见啊？""夏天阳光太多了，请你减少一点点。"因为我们唱得太吵闹,所以范老师说:"说什么呢,我听不见!"于是我们又唱:"冬天阳光太少了,请你增加一点点!""我可以暂时考虑!"等到我们唱完了,"太阳"却说:"告诉你,没门儿!"这句话可把我们逗乐了,有的同学肚子都笑痛了,有的同学笑得都流泪了,还有的笑得趴在地上起不来了,"哈哈!"连范老师都笑得停不下来。

——庞天怡

在范老师的课上,她引导学生自觉主动地参与课堂学习,自主生动地展现自我,促使学生成为教育的主体、发展的主体。更为重要的是,她引导学生主动理解音乐内容,掌握技能,有表情地歌唱、有感觉地欣赏,使学生快乐而自信地学音乐。也许,她自己并未意识到这一点;也许,她只是凭着一个教师的良知这样做,但是,对于我这个学校知识主管来说,这不正是我苦苦寻觅的隐性知识吗?对,学校知识主管的职责就是要把这种隐性知识传播、提升,使其变成显性知识,让更多的老师共享。

于是,我写了一篇案例分析,题为《一位音乐老师的学生手记》,我头一次感到自己作为学校知识主管的那份责任,学校知识主管与一般的管理者是不同的,他应该善于捕捉和发现学校处处可见的经验。因为教师身上的智慧是取之不竭的资源,高安路一小是一座值得开采的富矿,大量的经验隐藏在教师的头脑中,作为学校知识主管就是要通过一种深度交流,不仅要促使教师本职工作范围内知识的转化,更要挖掘教师所拥有的非本职工作范围的知识乃至潜意识里的创造性知识。这种对教师智慧的深度开发,使我以一种特殊的方式介入到学校的教师管理。我感到,我的工作打破了各部门之间的界限,工作范围和工作方法不受任何限制,这中间有太多的东西值得研究,我对学校知识主管的工作充满了信心。

(二)一个备课组长的心声

由于我常常要深入各教研组,因此,常和学校二十几位备课组长沟通交流。这支队伍既是教育教学的骨干力量,又是教研活动的重要建构者,他们引领一个个团队辛勤地耕耘着。但,他们也有困惑,尤其是在知识管理这样一个背景下,他们也感受到共享平台构建的不易,深感心有余而力不足。下面是我和四年级语文备课组长周蓓老师闲聊时的一段对话:

"你们备课组每次是怎么开展活动的?我看上次区教研开放时你们组讨论得挺热闹的。"

"其实,组织备课组的活动并不是一帆风顺的,也是曲折的,然而这种曲折也是美丽的。在制定计划时,我用了整整一天的时间构思活动的主题和形式,并与同伴共同商量这个方案的可行性,同伴们讨论时也不忍心否定我的设想和意图。可是到了实施过程中,一变再变,最后变得面目全非。我傻眼了。甚至还产生了一些不良情绪。不过,我也意识到,备课组活动本身就是让大家自由共享的平台,不是展示我一个人风采的地方。如果我的设想不能引起大家的共鸣,就是再给我面子,研讨也不会有效和深入的。无论是教研的主题还是教研的内容和形式,都需要大家愿意想,愿意说,愿意参与,一个'愿'字才能建立真正的学习共同体。"

"你说得很有道理,一个好的话题,应该是当前的热点问题、大家都困惑的问题,只有在困惑中寻找问题,在成功中寻找经验,大家才有可能共同提升。"

在不断地参与各学科教研活动中,在和教研组长经常性的切磋中,在总校分校忙忙碌碌的穿梭中,我觉得自己已渐渐融入这个集体中了。感谢学校给了我这个平台,作为学校知识主管,只有融入教师群体中,主动关注身边的事情,主动思考校本教研中的现象,才有可能挖掘教师中闪亮的"隐性知识"。

(三) 唐韵茶坊的智慧火花

2005 年 12 月的一个周末的晚上,学校组织教研组长开展了一次沙龙活动。活动地点是在"唐韵茶坊",这是一个充满浓郁古典气息的茶坊,大家一来到这里,备感轻松,一周的疲劳顿时烟消云散。滕平校长作为活动的组织者,在活动前提了三个问题,作为沙龙的话题。话题一:你觉得你组织的哪一次教研活动是比较有效的? 话题二:你在开展教研活动时有哪些困惑之处? 话题三:有效教研活动如何深入下去? 大家边吃着各色小吃,边聊着自己的切身体会,畅所欲言。我还是头一次参加这样自由漫谈式的沙龙活动,觉得很新鲜,但我还是没忘记自己的职责,随身带了笔记本记下了当时闪耀着智慧火花的话语:

我们组有 2 名刚踏出大学校门的本科毕业生,教育教学经验不足,经验要通过实践的锻炼去创造和积累,而捷径却是组长的专业引领,组长的毫无保留,能让他们少走弯路,迅速走向成熟。——赵丽娟(二年级英语备课组长)

一课多式是最有效的教研形式。——李晔(五年级数学备课组长)

主题在我心中,我仔细聆听大家你一言我一语,及时把与主题有关的话语记录下来。我及时地鼓励他们,不过,他们都说:还是你来写吧,你会写。我笑了,其实我不比他们会写多少,唯一的差异我没有不高兴写。我换了一种方式:把几次交流的内容进行了整理,同时自己先写了范例以示抛砖引玉,最后在网络上传看,并鼓励老师也仿照着写几句,想到哪些就写哪些。一位老师写好了,再在电脑上互相传看,再受启发,再写。彼此几个往复,大家觉得既简便又互相启发,写下来也不烦。怪不得当时就有人说:这个方式真好。大家可能还没有意识到,自己写作的能力已经在提高了。与其说是引领和组织,还不如说是以自己的热情、对工作的态度、对教研的兴趣、用发现的眼光去与同伴交流,形成一个想说、愿说、善思的教研共同体。——汪雯(二年级数学备课组长)

有效教研活动如何深入下去? 要做到四个"一点":活动准备再丰富一点,进入主题再快一点,讨论再深入一点,收获再大一点。——杨向谊(区教院专家)

那天晚上,我的神经始终处于亢奋状态,因为我一下子听到了这么多跳跃着的灵动的语言,我感到自己从事着一项有意义的工作,那就是把这些智慧的火花燃烧起来,烧得越旺越好。我不停地记着,生怕漏掉只言片语。我油然而生一种责任感,该怎样履行一个学校知识主管的职责,该以怎样的工作状态来面对这些优秀的组长。回到家,我打开电脑,记下了这段文字:

学校知识主管必须具备以下素质:首先是"领导"素质。学校知识主管必须是富于创业精神和主动性的人,对学校的发展和创造性的发挥感到兴奋。学校知识主管应该把自己看作开创一种新的活动或功能的建设者。其次是"管理"素质。作为教学专家,学校知识主管必须了解哪些形式能够有助于知识的获得、存储、探索,尤其是共享。学校知识主管还应是一位环境专家。这其中包括空间,比如办公室和休息场所的设计,怎样让教师在一种非正式活动中恣意共享,环境的设计尤为重要。像今天的"唐韵茶坊"就是容易让人吐露心扉的地方。

写完这段文字,我感到压力倍增,自己还差得远啊,又不由得钦佩起滕校长——这个学校 CEO 的周密布置了。

(四)学校知识主管不是可有可无的

做学校知识主管,并不是样样顺心,我也时常遇到困难,好在可以经常得到校长的指点与提醒。每周到校长室汇报的时刻,是智慧呈几何倍数剧增的时刻,常常在和校领导交流的过程中迸发出一个个鲜活的点子,就这样,在摸索中我们初步搭起了两个知识共享平台——信息平台和教研组平台,我也努力利用自身优势不断地完善着这两个平台的功能。

一次,我又深入教研组,一位老师善意地对我说:"上次你来了,今天你又来了。"我心中一怔,随后莞尔一笑,暗自思量,看来大家对我的到来并不欢迎啊!因为我的到来,给他们带来了压力。我这样想着,坚持参加完他们的活动。这是一次很普通的教研活动,大家在一起谈了些教学设计方面的事,说实话,共享的质量并不高,更多的是一言堂。

随后,我和朱海燕校长交流了一次,学校知识主管的参与如何常规化?为什么学校知识主管会给教师带来压力?当教师没有挖掘隐性知识的需求时,学校知识主管对他来讲是可有可无的,如何激起教师自主要求挖掘隐性知识的需求?调动教师参与的积极性,更多的不是靠情感支持,而是靠制度约束。如果把学校知识比作水的话,那么学校知识主管就是要使教师由"没有意识到有水"到"帮助其找到水源",由"水少"到"水多",由"水浑浊"到"水清澈",由"水静止"到"水流动"。聊到这儿,我的脑海里又冒出一个词:教师共享文化。对,这才是让水流动的重要平台。只有在这种文化中,教师才会自觉自愿地共享。

(五)梳理形式与挖掘内容

我校体育组共有七位教师,是区里最大的体育教研组,这个团体很特殊:50 岁以上 2 人,其中一位是教研组长,30—40 岁 2 人,其中一位是校骨干教师,另有 3 位教龄在两年内的新教师。教研组长是经验丰富的老教师。在几次深入他们组时,我发现他们对专业发展的需求表现出明显的差异:教研组长希望在教学管理方面有所发展,骨干教师希望扩大理论视野和提升实践智慧,青年教师热衷于借鉴先进经验以及"一招一式"的模仿。这三位青年教师是新近分来的三位本科生,他们缺少的不是体育专业知识,也不乏教育理论,缺少的是教育经验,而且是直接经验。直接经验从哪儿来,一方面靠实践积累,另一方面靠师徒结对,还有一方面靠学校知识主管帮他们找准理论与实践的切合点,使他们能迅速积累丰富的经验。发现了这一点,我十分兴奋,在校长的支持下,我们将体育组知识共享的形式定位为师徒结对式共享和梯队式共享。

五年级数学组开展了"一课多式"的教研活动,我参与了她们的反思活动,短短两节课,有两位老师一直在争论。我发现她们在教学理念上截然不同,即针对数学教学中是夯实基础还是引导探究,她们发生了激烈的争论。她们的争论反映了教师在将二期课改理念转化为实践时存在困惑。这时,我介入了她们的讨论,并组织她们进一步深入。在思维碰撞中她们又发现,有些课型应侧重夯实基础,有些课应侧重引导探究,就这样把反思引向纵深。在这一过程中,教师是无意识的,而我是有意识的,当我发现亮点后就及时放大,发现不合时宜的传统观念就及时点拨,使教师对自己内隐教育观念进行解构与澄清,进而在清晰认识自己教育观念全貌的基础上,教师就有可能重构自己的教育观念系统,使教师在教研组活动中完成了自己隐性知识的觉察——解构——重构的过程。

高安路第一小学有 20 多个教研组,每个教研组人员结构、学科特点、知识分布特点各不相同,作为学校知识主管,应善于帮助教研组梳理知识共享的形式,挖掘知识共享的内容,和教研组长探索符合本组特色的知识管理模式。

(六) 共享活动中的关键人物

做学校知识主管两年多来,我也同时兼任了语文教研组长。高一小学共有 5 个年级,每个年级 9 个平行班,语文教师共 45 人,这个大型教研组的教研活动该怎样组织和策划,更有利于教师的知识共享和创新? 恰好此时语文教研组开始了"如何根据教材特点适度有效地学习相关语文知识"的研究,这正好成为我们研究知识共享的载体。在校领导和杨向谊老师的指导下,此次知识共享活动设计了以下步骤:①场景再现,比较区分异同:观看马老师三个课堂教学片断的录像,备课组长介绍三个课堂教学片断的设计意图,并抛出三个需要关注的问题。马骥老师现场执教研究课《饭钱》,听课教师重点关注三个片段在观摩课上的不同设计,比较前后三组课堂教学片断的异同。②答疑辨析,聚焦关键问题:第一次分组讨论,将 45 位教师分成 9 组,班次相同的教师为一组,每组 5 人。③团队重组,理性提出假设:第二次分组,将 45 位教师分成 5 组,年级相同的教师为一组,每组 9 人。④总结呈现,引领教师反思:总结出两次讨论后的开放性结论,呈现在知识库上。⑤整理课例,形成知识积淀:教师结合具体课例,填写课题研究表格,在备课组内集体讨论修改,经教研组长审核后入学校知识管理库。

这次活动前后历时 2 个月,从方案的设计到过程的反思,从现场的调控到教师的参与,从活动的实施到结果的呈现,我感到做好学校知识主管并非易事,学校知识主管是知识共享活动的关键人物,既是教学领导,又是研究的灵魂人物,在交流中难以实现深度共享是我感到较为棘手的问题。整个过程中主持人的角色过浓,没有及时捕捉教师发言中新的见解或不当之处,有效地引导教师充分碰撞。比如:如何引出讨论话题,讨论冷场时如何调控,讨论偏题时如何拉回,讨论浮于表面时如何引导深入,讨论结束时如何总结迁移等等。一位教师发言时,其他教师的参与积极性不够,看似在专心聆听,却没有即时反馈。教师虽在小组里踊跃发言,但不愿在大组层面发表观点。

我翻阅了有关的专业书籍,了解到讨论有如下特征:当讨论带有一团和气的特征时,就无法激发新的见解;当讨论带有全面冲突的时候,这种不稳定的平衡或者大家干脆完全回避问题,也不能激发出新的见解;当大家虽有争议,但仍然愿意讨论和互相交流听取意见时,才会激发出新的见解,这才是深度共享的讨论。我又回忆起共享活动的一些细节,感觉到活动第一次分组达到了预期的效果,但第二次团队重组的共享效果并不理想,究其原因,大致有二:首先,知识共享的关键是使每一位教师在讨论过程中有不同程度的内化与转换。第二次分组的目的是希望 5 个备课组能在第一次讨论的基础上,进一步提升出个性化的教学策略,以实现知识的运用与创新,但是由于未能及时引导深入挖掘,使讨论浮于表面。第二,活动准备不够充分。要使每位教师在讨论中能够交流有效信息,在活动前围绕讨论专题搜集资料,以激活教师大脑中的经验和知识,发现一些有关的知识;活动中应创造条件让教师争辩、完善、质疑,让教师学会有效地观课议课;活动结束应能回到实践中运用与改进,前期准备和后期跟进才能使一次知识共享活动的效益达到最大化。也就是说,组织具有深度共享特征的讨论是实现知识的感悟与转换的重要途径。

看来,我要做的还有很多很多……

(七) 在成长中收获

转眼间,担任学校知识主管已经两年多了,我收获的不仅仅是课题研究能力的提升,更重要的是,在团队共享活动中和老师们一起成长,这是我最大的快乐。不管理人,只管理知识,我的主要工作是与老师打交道。我的工作是网状的和立体化的,我是学校中最"自由"的人,可以在各个部门之间穿梭。我通过整理、分析与创造,把分散的、被隔离的知识整合在一起。打一个比方,我就像整个知识管理网络中的能动的发动机,使学校中的知识有序地流动起来。学校知识主管的工作具有探索性和挑战性,这不仅体现为工作的创造性,而且由于这个职位无先例可循,几乎没有什么经验可以借鉴,有这样一个恣意发挥的空间,我感到欣慰。

在专家和学校领导的悉心指导下,在老师们的真诚帮助下,我完成了相关论文和案例的撰写。其中《教师隐性知识的共享:校本教研的新视角》刊于《中小学管理》2006 年第 4 期上,《有效共享——教师专业化发展之桥》刊于《中小学校长》2007 年第 6 期上。2007 年 7 月,《基础教育课程》推出专版介绍了我校的知识管理,并刊发了我的论文《共享知识优化教学——学校知识管理的特点和实践》。在学做学校知识主管的过程中,我逐步成长起来。

佛家入境有三个境界:山是山,水是水;山不是山,水不是水;山还是山,水还是水。模仿、融合、创新,不就是我任学校知识主管过程中三个不同的境界吗?唯有亲历知识管理的每一个进程,才能获得如此丰厚的研究经验和人生积累,才能获得真正的成长。

第五章

知识共享的学校组织方式与文化建设

如果说学校的技术与网络平台是知识共享的基础，那么支撑知识共享的学校组织和文化则是它的核心，任何技术与活动只有在一定的社会环境中才能发挥作用。我们认为，共享活动的展开和效果同人际因素有关，也就是同组织的文化有关。这是由学校文化对于学校乃至教育的发展具有的重大影响和作用决定的。

一、学校文化及其作用

学校文化是指在集体生活中，学校的成员共同努力创造的物质财富与精神财富。它的形态包括环境文化、制度文化、组织文化、课堂文化、课程文化、教师文化和学生个性文化等。学校文化对学校发展具有不可替代的重要性。

1. 学校文化具有不可取代的激励作用，在一个优秀的团体中，能充分发挥个人的潜力，甚至使个人能力发挥到极限。

2. 学校文化使学校形成了一个有机整体。学校文化是教职员工各种思想长期相互作用过程中形成，在学校内部达成共识。它具有很强的凝聚力和向心力，使学校形成一个有机整体。

3. 学校文化弥补了规章制度和目标管理的不足。文化的亲和性，可以造成一种融洽的气氛，弥补了各种规范化管理手段或程序的不足，增强教职员工之间的默契。

4. 良好的学校文化鼓励一种积极向上的行为,学校文化不仅在观念上促进教职员工的共识,它还在各种技术规范或其他制度规范的统一认识,使学校的发展理念得到了真正的落实。

所以学校文化创建是学校管理的一场革命,学校文化对于学校发展有着至关重要的影响。

二、知识管理对学校文化的影响

随着知识经济时代的到来,加之新课程改革的不断推进,新的教学理念和旧有的教学方式发生了激烈的碰撞,许多教师希望尽快提升专业水平,但事实证明,教师的专业发展单靠教师个人力量是不够的,必须依靠团队组织。通过参加多次培训,教师们认识到知识具有的可传播性、非损耗性的特性,使得知识经验的交流不同于实物的交流。实物交流一方的失去,正是另一方的获得,知识经验的交流,一方得到一方并未失去,双方可以共享。知识经验的这些特性对知识创新非常有利,而且这种共享对个人的知识也是一种提升。

文化是知识共享的拉动力,在文化指引下,使团队中的每一位教师都乐意参与知识共享,把知识共享作为提升学校品牌、促进学校良性发展的必由之路。因此,随着知识管理实践探索的深入,学校文化建设成为当前和今后学校发展的一项战略任务。我们学校需要逐步形成"民主、开放、高效"的知识管理机制和"支持、信赖、合作、共享"的知识管理文化氛围。这种文化建设是对学校文化诊断与改造的过程,因此在具体的运作过程中必须依靠科学,减小冲突,坚持创新,以实现资源的合理配置。

为此,我们从三个方面进行探索:促进知识流动的组织方式建设、促进知识共享的制度文化建设、促进相互信赖的组织文化建设。

第一节　促进知识流动的组织方式建设

学校是为实现一定的教育目的而组成的共同活动的集体,需要按一定的原则建立起一定的管理方式,以维系学校成员的相互关系,有组织地开展各项工作,完成学校教育、教学任务。而知识管理倡导"在最需要的时候把最需要的知识给最需要的人",这就需要学校管理者思考,在知识成为组织运作的核心资源情况下,组织结构的设计就必须考虑知识的价值是否能达到最大化? 需要找到合适的组织形式保障知识流转在校园的健康运行。

一、学校组织形式的分类

在管理学中,组织的涵义即反映人、职位、任务以及它们之间的特定关系的网络。这一网络可以把分工的范围、程度、相互之间的协调配合关系、各自的任务和职责等用部门和层次的方式确定下来,成为组织的框架体系。常见的组织类别有: 科层组织、扁平化组织和网络组织。

1. 科层组织

科层组织是一种建立在理性行动基础上的组织管理体制。在科层组织中,人们的各种行动都以理性的规则为依据。日常事务的解决是"不看人办事"的,而是根据理性的规则来处理的。这种组织机构模式基本上是金字塔形的。就如当前我们学校的一般组织结构,如图 5-1 所示:

通常情况下,学校管理层面的职责如下:

校长室主要职责:在学校中全面贯彻党和国家的教育目的和政策,执行上级党委和教育行政部门的决议和指示,负责领导和组织学校全面工作。

教导处主要职责:在校长室领导之下,创造性地具体组织安排

图 5-1　学校一般组织结构

和指导教学工作、学生的思想政治教育工作、体育卫生工作、课外活动及生产劳动等活动。

　　总务处主要职责：为教育教学第一线、为师生做好后勤保障服务。

　　教研组主要职责：在教导处的统一安排下，学习和领会党的教育方针、政策；研究教学大纲、教材和教法，提高课堂教学的质量；结合教学钻研教学理论和专业知识，帮助新教师提高业务水平；总结交流教学活动的经验等。

　　教职员工：做好自己本职教育教学工作。

　　从上述可知，科层组织特征一是层级结构，组织体系呈金字塔形，有着鲜明的层级责任，一级抓一级，层层落实。二是专业分工，明确规定每个成员的权和责。三是严格的规章制度保证一致性、可预料性和稳定性。四是淡化人情关系，服从系统化的纪律。科层组织在相对稳定的环境中是一种效率较高的组织形式，但是，根据知识管理的基本路径和流程，我们发现，传统金字塔式的层级管理，由于管理层次多和信息传递慢，客观上使知识衰退或信息失真的现象比较严重，在面临不断变化的环境中则无法进行快速的应变，会导致组织效率低下，需要采取渐进完善的措施予以改革。

2. 扁平化组织

扁平化组织是相对于传统组织而言,传统组织的特点,表现为层级结构。但是在快速发展的现代,提升发展的有效办法不再是增加管理层次,而是增加管理幅度。当管理层次减少而管理者幅度增加时,金字塔状的组织形式就被"压缩"成扁平状的组织形式。

扁平化组织利用管理手段减少中间环节,使信息速度纵向传递速度加快,密切上下级关系;管理费用低;被管理者有较大的主动性、积极性和满足感。由此可见,扁平化组织是科层组织的改良。

3. 网络组织

相对命令统一、控制严密的科层组织与决策灵活、专业分工明显的扁平化组织,还有一种网络组织。网络组织具有信息沟通快、协调性好、管理费用低的优势,更密切关注人的需求,但是在运作上需要有完善的工作机制和便利互动的工作平台来提高组织工作的有效性,吸引和激励更多的人群参与其中。

正是由于上述形式组织的存在,通过组织机构的建立与变革,将管理活动中的各个要素、各个环节,从时间上、空间上科学地组织起来,使每个成员都能接受领导、协调行动,从而产生新的、大于个人和小集体功能简单加总的整体职能,使得个人有限能力与个人无限需要之间的矛盾得以解决,共同目标或使命得以达成。

二、为知识管理创造组织环境

知识管理需要以知识为中心的管理,其整个管理体系涉及组织中知识的生产、知识的获取、知识的整序、知识的交流与传输、知识的共享以及知识的利用等各个环节。知识管理涉及组织的每一个部门和所有层面,其主要目标就是让每一个员工了解系统内已拥有什么样的知识,谁需要什么样的知识,确保能够将知识迅速地传递给最需要它们的人。学校开展知识管理,需要组织的反应更加灵敏,决策和行动之间的研制时间和信息失真减少,需要进行管理机构的完善,更符合促进知识流动的需要。

根据知识管理的需要,我们以扁平化的组织结构取代科层式组织结构,使学校系统成为一个开放的柔性系统,进行授权管理,使学校的利益相关者全面参与学校的决策与管理,增加学校成员之间的互动和信息交流。

1. 设立五部

在实施知识管理的背景下,学校的组织结构形成了直接受校长领导的平行化的 5 个职能部门,建立一种基于校长负责制的扁平化组织结构,它包括:课程研究部、学生发展部、师资培训部、信息交流部和后勤服务部(见图 5-2)。

如图所示:

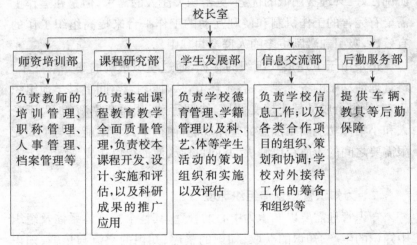

图 5-2 扁平化组织结构图

2. 五部的功能

我们通过设立五部,使各部门分别面向不同的人群,不同的需求,最大限度地发挥出部门的管理职能和服务职能,使学校能够高效运转。

具体功能如下：

（1）强化专职专能。它体现了对学校主要管理领域的再划分，其专门的职能强调两点。

a. 授权：重组后的各职能部门具有更强的专业领域自主权。如学生发展部工作重心是学生，因此该部门对学生发展负有管理责任，诸如学生活动的设计、学生活动的评价，以及对教师在学生发展工作上的考核工作等等。而课程研究部则掌握了课程、教学科研的管理与实施的权力并承担相应的职责。学校通过对部门的授权，让各部门灵活、自主地提供支持，为各自的可持续发展提供专业服务。

b. 重心下移：设立职能部门后，专业分工的管理者直接指挥各项活动，也就能更关注教师、学生的需求来决定教育资源的配置与使用（在经费使用、教师聘用、课程设置等方面尤为突出），从而提高学校教育资源的使用效率。比如师资培训部以往只注重于面上统一的招聘、合同管理、考勤、薪金制度、调动等事项，这种后台式的管理模式虽然对学校提供了服务和支持，但忽略了与教师的沟通，对教师的需求知之甚少。实现管理职能的转变，培训部必须要深入研究学校的需求、不同成长期教师的需求，进一步在校内外采集教师成长的有效策略，创造以校为本的、有内趋力的校本教研机制，服务于教师队伍的专业化发展，将指导教师工作具体化，将专业管理工作做得更细致。

（2）以课程研究和实施为中心

为了避免专职专能可能会带来的部门壁垒，我们以课程研究和开发实施作为各部门体现服务和整合的纽带，在全面质量管理以及大课程观的影响下，将互动与合作作为各部门行为的重要指导思想，发挥功能集聚的作用，从而对学校部门组建后的融合与运行起到有力的核心作用。

3. 促进校本知识的管理

在教育领域，知识管理就是将各种教学资源转化为显性或隐性的相互之间网状联系的知识集合,并对这些知识提供开放式管理,以实现知识的生产、利用和共享。学校通过"五部"的建设来促进校本知识管理,加快各部门、跨部门知识的产生和教育教学资源的共享,促进学校知识经验的不断积累,工作的不断创新,为学校的知识管理提供了组织支撑,更为有效的知识共享建立软环境基础。

附:五部联手开展的一次数学学科建设项目的实践

根据学校三年新发展规划,课程研究部要求各学科制定三年的学科建设规划,为更好的积累经验,决定在数学学科进行重点推进。

在数学学科新三年的发展规划中,学校提出了"建立一支适应新课改要求的业务精干、结构合理、锐意进取的数学教师专业队伍,创新校本教研的机制,使教研气氛浓厚、学科活动及文化建设优良"的目标,这项目标要求涉及师资队伍建设、学生发展。我们就在学科建设的过程中分层有序落实。

2007年第一学期,恰逢由徐光启和意大利传教士利玛窦合作翻译的《几何原本》引进中国400周年,我们以此为契机,以各年级几何教学为抓手,开展"走进光启、亲近几何"活动,打造数学学科。旨在通过课程组织和实施,帮助学生学会应用几何知识,感受数学的魅力。

学校的"五部"为此提供了良好的保障。

课程研究部以课程建设为核心,以课堂教学为主渠道,组织部分教师设计有关几何学习的拓展课,如选择合适平面图形进行密铺的《小小设计师》,利用圆为基本设计素材的《美丽的图案》,了解中国人聪明才智的《几何名家名题》,挑战自我的《智力大冲浪》等课程,并安排进度落实在课堂中,积极开展专题研究。

与此同时,联手师资培训部、学生发展部、信息交流部、后勤服务部共同参与此项目的实施与管理。围绕课程建设,各部门开展了以下工作:

(1)师资培训部开展了以几何知识共建共享为专题的校本研

修活动,内容包括积累几何专业知识和共享相关教学经验。邀请专家到学校里做了《"空间与图形"教材与教学研究——图形的认识》专题讲座,观点鲜明、层次清晰的讲座内容帮助教师理清了小学阶段几何图形之间的内在关联,体会到教材螺旋上升的编排体系。讲座中涉及了初、高中年段的一些知识,教师们温故知新,深感获益匪浅。师资培训部还推荐教师学习《几何原本》等课外书籍的阅读,帮助教师积累专业知识,提升专业素养。

(2)信息交流部则为老师们参与"几何"教学讨论活动提供网络交流平台,如上挂有关教师课堂教学实录邀请全体数学教师一起参与评课,从而克服两个校区教师不能集中学习的不利因素。当教师们在参与校本课程建设的过程中遇到问题时,提供"知识寻呼系统"帮助教师寻求知识援助,让教师们从同伴身上共享有用的经验,让全组老师从更高的层次,更广的视角去看待自己的研究,从而有效地指导自己的教学行为。

(3)学生发展部则组织学生积极投入"走进光启、亲近几何"活动,由班主任、数学教师带领学生参观徐家汇"光启公园",在少先队"红领巾广播时间"向全校师生介绍了参观光启纪念馆的感想。利用学校的墙报,把同学们设计的优秀小报展示出来。一时间,学校里人人谈光启,个个议几何,良好的氛围更烘托了本次活动的主题。学生被吸引住了,而每个阶段的活动报道,都得到家长和社会的关注。

(4)后勤服务部则为本次活动提供所有的物质保障。经过以课程研究部为核心的■个部门的共同联手,此项活动获得了成效。1 800多名学生学习积极性被调动起来,不仅扎实地学到有关几何知识,更重要的是通过学习了解了知识之外的东西,那就是数学文化。《新民周刊》针对我校的这次活动,在一篇以《在徐家汇仰望天空》一文中写道:文化光有保护是不够的,传承是更重要的关键词。文化的延续与继承是我们每个教师的天职。

在学生收获的同时,学校教师收获很多:《为学生创设充足的自主学习的时间和空间》、《创设生活情境,关注学生的学习起点》、《注重几何操作过程,指导学生尝试探究》、《多方面渗透数学文化》等系列经验不断地被发现和传播,有关"几何"教学的知识有效地被集聚,形成学校关于《几何教学中有效操作的教学策略》,更大的收获是,诞生了数学校本课程《走进光启,亲近几何》。

学校发展带来了内部职能的转变,对原有的工作性质、特征和内部联系等产生重大影响,学校在扁平化的管理结构出现了以下特点:基于团队的丰富化的工作、跨部门的培训、组织内部信息共享、教师个体的自我发展导向、教职工广泛地参与组织的各种决策和实践活动等等,使学校知识共享更高效、随机、全方位。

第二节　促进知识共享的制度文化建设

学校制度文化作为学校文化的重要组成部分,是处于核心精神文化和浅层物质文化之间的中间层文化。实践告诉我们,要使共享文化为学校师生认同,必须有赖于制度体现一种"行为导向"的作用。从学校的管理制度价值判断上,是以是否有利于教师的发展,以最大限度的自我实现与社会最大贡献为准绳,制度对形成个人的自律习惯和共同的价值观念,对建设良好的校园文化和提高学校管理效率有着重要的作用。因此建立与完善知识管理制度,促进知识共享,可以促进学校的不断创新。

一、建设学校制度文化的理念

1. 学校制度文化是一种价值观

我们发现人们对学校制度文化的理解是各不相同的。众多的解释会让人们纠缠于"学校制度文化"的概念不能自拔。当知识管理成为推动学校发展的助推器时,当借鉴"企业管理文化"去审视

"学校制度文化"的时候,我们惊奇地发现,"学校制度文化"就是一种价值观。它要求建立长效机制,规范学校人员的行为和权限,让"程序"处理日常事务,使学校在每次改革和创新后都能稳步地向前进,同时实现教师的自我发展。当这种价值观主宰了人们的思想而演变成人们的一种自觉行为的时候,"学校制度文化"便会悄然诞生了。

2. 学校制度文化须以人为本

制度是"死"的,人是"活"的。学校制度的制定必须注意原则性与灵活性的和谐统一。体现以人为本就是要以学生发展为本,以教师发展为本,以调动人的积极性为本,而不是让制度限制人发展。引导教师把自己真正当成学校的主人,对学校产生归依感、共荣辱,认同自身的发展与学校的发展息息相关。将日常教学工作与教学研究、教师专业成长融为一体,形成在研究状态下工作的职业生活方式。使学习、研究、实践、反思、合作、共享、创新等核心词,成为教师主动追求的目标和行为方式。这是制度理念现代化的标志。

3. 构建学校制度文化要有创新。

制定任何规章制度都要处理好承传与创新的关系。既要注意保持规制的连续性,又要注意规则改革的创新性。没有传承就没有根基,没有创新便没有生机。任何制度都不应墨守成规,必须与时俱进。一方面,学校制度的生成是一个动态的过程,需要通过实践来不断加以检验,以不断修正完善。另一方面,当学校的每个成员都能根据既有制度形成稳定的行为方式时,原有的规范就在一定程度上失去了存在的价值,又需要建立更高层面的规范。因此,学校制度的生成必须在实践中不断动态完善和适时提升。

二、《学校知识共享条例》解读

我们知道,知识管理制度对教师共享的推动作用是决定性的,决定了教育主体——教师的共享动力和角色,并影响和改变着共享的环境。学校积极倡导"支持、信赖、合作、共享"的高安路第一教师文化,促进教师专业发展,提升学校品牌,便从学校制度设计与执行开始共享文化的打造。

学校制定了《高一小学知识管理章程》,这一制度的制定,需要教师摒弃一些驾轻就熟的管理手段、教学方式、研究方式等,这意味着痛楚,当然也昭示着新生。目的就是尽可能地、不断地使教师乐于共享,并保证教学创新者从共享中获得利益,使共享文化在教师中得以传播和积淀。制度制定开始,学校就注重从教师个体、教研组两个层面进行推进。

1. 教师

第一条 在以知识为基础的经济时代,教师对知识与科技在经济成长中所扮演的角色要有更充分的认知。要立足于"通过知识共享实现自身价值"为事业追求方向。

(1) 每位教师必须树立"人人都是知识管理者"的意识,重视个人知识的积累,提倡知识的共享。

(2) 树立教研组长是教研组内知识管理的第一责任人的意识,自觉承担知识编辑职责,重视教研组内知识的积累、共享及其创新。

(3) 学校知识主管做好校际、校内知识的积累和共享,不断丰富学校知识库。

[解读]

本条旨在倡导教师知识共享的理念。

思想是行为的先导。我们提出了高一小学的教师"人人是知识管理者"的理念。从而引导教师做好知识的管理,这是改进自己教学和提高自身专业化发展的重要策略。并且通过制度的阐述,让教师们从不同层面理解了"人人都是知识管理者",认识教师群体在知识管理不同层面的作用,既收到知识管理的实效,同时又强化了共享制度文化的建设。

第二条 每一个教师在知识共享中都应成为自觉的知识发现者、积累者、传播者、运用者和创新者。

个人知识积累：

（1）善于学习，及时收集相关资料，进行归类整理。

（2）整理并保存个人教案、课件及相关教学资料；及时上传校级以上的公开课、研究课教案及相关资料。

（3）及时进行教学反思，并记录存档。

（4）按要求完成观课评课工作，善于挖掘他人有价值的教学经验，分析教训，及时做好评课记录。

（5）学期结束，及时梳理所教学科的教学情况或相关课题研究，并就感受最深的内容撰写成文。

（6）学年结束，对所教学生思想状况、学习情况（习惯、知识掌握等方面）写出分析与小结，并就有关问题提出设想或改进措施，与下一任教师做好衔接工作。

个人知识共享：

（1）充分认识没有知识共享就没有知识创新，学会与他人共享知识。

（2）对于发现的有助于教育教学的经验和教训，能及时分析并上传学校相关知识库，乐意与他人共享。

（3）充分利用非正式渠道主动参与信息交流和知识共享活动。

[**解读**]本条是落实教师知识共享的过程与方法。

很多关于学校的调查都表明，在学校内部的某个群体对学校的知识工作担负起明确的责任之前，很难有效保证知识的积累。在一个具体的学校中，为了防止知识的流失和保证知识积累的长期性，须建立起学校知识的持续运作机制，促使学校知识的搜集、分类储存、共享扩散，以及创新与运用，使知识得以发挥最大效能。

我们通过本条例提出教师在共享过程中需要把握：知识积累是实施知识转换、实现共享的基础；知识共享使学校的每个成员都能接触和使用学校的知识和信息，可以取长补短。每个教师只要及时收集、整理、保存个人教育教学资料，这些个人专业发展的足迹就会形成每个教师的个人知识库。而后通过在不同的团体内搜集及传播,就能实现个体知识积累后的群体共享,使人人能时时从他人之处学习,逐步建立起知识共享的组织文化。

第三条 教师参与知识共享活动的情况,作为每两年教师发展达标评审的必要参考条件。学校评审小组根据下述标准,审核教师参与共享活动的相关材料,参照学校日常教师工作管理记录、结合申报答辩等形式确定教师合作共享类别。

(一)能够合作

具体指标:

(1)有学习计划及总结;

(2)每学期听课评课不少于 20 节;

(3)认真参加每次教研活动,不少于 16 次;

(4)每学期上一节汇报课;

(5)每学期访谈一至两位优秀教师;

(6)每学期写一份教育案例及教学论文。

(二)注重合作

具体指标:

(1)积极将体现本人现阶段的教育教学能力或实践研究的公开课,在教研组内与大家共享,每学期至少一节;

(2)每学年撰写教育教学论文或案例至少一篇上传学校知识库;

(3)参与课题工作,并承担其中一个领域的研究,有相关部分的科研成果。

(三)善于合作

具体指标:

(1)积极将体现本人现阶段的教育教学能力或实践研究的公开课,与全体教师共享,每年一至两次;

(2)每两年有科研成果(或论文)发表;

(3)每年有校级课题,且为课题第一责任人,并能有相关的科研成果；

（4）能带教同校青年教师。

（四）引领合作

具体指标：

（1）积极将体现本人现阶段的教育教学能力或实践研究的公开课，与全体教师共享，每年一至两次；

（2）每年向全体和部分教师开设专题讲座一次以上；

（3）以责任人身份组建项目团队，带领团队卓有成效开展教育教学研究，并有明显成效；

（4）拥有区级以上课题，区级以上成为课题第一负责人，市级以上为课题重要负责人。

[**解读**]本条例是对职初期、成熟期、发展期等不同专业发展阶段的教师共享行为的指南，有具体的量化指标。

知识管理的精华就是"共享"的程度。知识共享程度越高，教师越容易取得其所需要的知识，则知识的价值就越高。但是由于不同教师在不同阶段对教师专业发展的定位与期待不同，对共享重视程度不一。因此，我们在制定制度时，不仅要关注"规范哪些行为"，还要关注行为落实的"过程与方法"，更要关注教师专业成长的不同需求。在制定《学校知识共享条例》时考虑到不同专业发展阶段的教师在共享过程中可以发挥的作用，通过相关的操作细则，让每一位教师明确只有都把"知识共享"转化为一种工作策略，作为内在的紧迫要求和自觉行动，通过积极主动的、持续的实践，不断拓展自我创新发展的空间，才能适应新时期教师创新和专业发展需求，在教学与研究中焕发生命活力。

2. **教研组**

第一条　教研组内知识的积累

（1）积累相关学习资料、课题研究资料，并做好归类整理工作；

（2）积累有效的教研活动方案，分析整理教研活动经验；

（3）积累组内教师有效教育教学方法、手段；

（4）积累优秀教案及教学片段；

（5）积累相关练习、试题、课件等资料；

（6）及时将以上相关资料上传有关部门。

第二条　教研组内共享

（1）努力形成"同伴互助"的教研氛围，提升组内教师学会与他人共享的境界。定期开展教研活动，学校教师以问题为抓手，进行教育教学实践，进行课题研究。

（2）经常进行学校教研组内教师相互之间的对话，及时发现经验，总结教训，在组内交流共享。

（3）各教研组加强相互之间的交流，不定期地与其他教研组共享有效的教研活动方案，分析教研活动经验，提升教研活动质量。

（4）教研大组善于发现各教研组、学校教师的显性知识和隐性知识，充分利用每次大组活动时间，有计划地进行交流。

（5）教研组长要行使知识编辑的职能，善于发现组内成员教育教学经验和教训，能及时分析梳理，并及时上传校信息中心或知识主管，实现学校各部门知识共享。

[**解读**]以上两条是落实教研组知识共享的过程与方法。

在这组条例中我们倡导组内、组际间的交流，这是知识共享中的高层次要求。如果说积累和共享是使知识发挥作用的基础，那么交流则是使其体现其价值的关键环节。只有通过交流，才能更好地完成知识的学习、利用与创新，而创新正是知识转换的最高追求。

在教研组内，学校鼓励教师在交流中了解他人的知识，通过解决实际问题，使教师产生学习和创造新知识的冲动。比如要求教师参加全国、市级培训项目，培训结束后，应及时总结学习收获、学习心得，向其他教师进行介绍，或进行教学实践展示。这样才能最大限度地使信息和知识在交流过程中得到融合和升华，使知识交流者受到启发和提高。

如上所述,《学校知识共享条例》并不是否定传统管理制度,也不是完全抛弃教学常规,而是在原有制度的基础上改进、完善,以教师为主体,既注重解决实际问题,又注重经验的总结、理论的提升、规律的探索。

三、共享制度的重要作用

学校制度的建设和执行,使知识共享的愿景落地,教师们遵循共同的行为规范,显现出共享制度建设的重要作用。

1. 规范作用

制度把人们的社会生活规范在它所许可的范围之内,使人的各种活动都必须依照它所设定的轨道运行。因此制度具有规范作用。同样,学校内的知识共享需要不同的机制来规范。

比如,为了以最小的成本进行最为有效的知识转换,在过程中需要规范把握积累、共享和交流。

无论对于学校或个人,知识积累都是实施知识转换的基础。特别是一个学校,自它成立的第一天起,就会有很多的信息和知识产生。如果没有积累,这些信息和知识就会随着某项具体工作的结束而消失,或者随着教师的离去而流失。正是这些信息和知识一点一滴的汇聚,才构成了学校的财富,形成了学校文化、学校价值和学校核心能力。因此,一定要注意规范信息和知识的积累,这也是学校进行知识转换的首要条件。由知识积累而形成的知识库、信息库,也是学校知识转换的主要对象之一。

在知识积累的基础上,还要规范实现知识的共享。知识共享可以使每一个新项目的运行都建立在整个学校的经验和知识的基础之上,使得每一个教师都能接触和使用学校的知识和信息。

通过规范,使一个学校内部的信息和知识尽可能公开,在公开中让教师明白知识共享的重要性。

2. 激励作用

比尔·盖茨曾说过："'知识就是力量'这句老格言有时使人们把知识秘藏不宣，他们相信把知识保密起来会使自己成为必不可少的人。"而实际上，"力量不是来自于保密的知识，而是来自共享的知识。一家公司的价值观和奖励制度应该反映这个观念"。也就是说，领导人要奖励那些将自己的知识拿出来共享的人。之所以在知识管理中强调制度的激励作用，还因为调查表明，共享知识并不是自然而然的行为；相反，隐藏自己的知识并疑惑地看待来自他人的知识，是大多数人的天性。在这样的前提下，我们就会发现，信息的可利用性并不一定导致信息的充分利用。为了实现知识的共享，就需要通过业绩评价等激励措施促进知识的流动。

学校通过《知识管理激励制度》鼓舞教师写下他们所知之事，同时进一步将这些文件储存于电子资料库中。而对于知识的贡献与利用，学校列为评估个人年度工作成效的一部分；学校奖励教师直接与他人进行知识共享，而这种直接与伙伴知识共享的次数以及个人共享给其他成员的知识量，也被视为个人的工作绩效之一。学校设立了两种奖励制度：经济性奖励和非经济性奖励。

在《非经济性奖励制度》中引入排行榜的方法，如：开辟"共享率排行榜"

［课堂教学］　凡·高——欣赏（点击：14）

［课堂教学］　大瀑布的葬仪（点击：10）

［教师随笔］　《扬州茶馆》反思（点击：8）

［课堂教学］　伟大的友谊（点击：6）

［教师随笔］　关于数学新教材第六册使用情况汇总（点击：6）

［课堂教学］　《三角形的认识》（点击：4）

［课堂教学］　《站立式起跑、你抓我救》（点击：4）

［教师随笔］　有效拓展，落实双基（点击：4）

［课堂教学］　Oxford English（Shanghai Edition）2B Unit 3

My room(点击:3)

　　〔课堂教学〕 共同的秘密(点击:3)

　　〔课堂教学〕 桂林山水(点击:3)

　　又如:开辟"贡献率排行榜"

　　教师将自己的"课堂教学、教师论文、教师随笔、学习资料"资料上传,经校专业委员会审核后被推荐给学校成员共享,同时学校对每个教师积极参与共享的资料进行统计,排名。

　　学校每学年末对教师个人共享情况进行统计,并评选出"知识贡献奖"。对于这些在知识管理中表现突出的教师奖励外出培训,推动他们产生新的知识成果。

　　附:高一小学——学年度教师"知识贡献奖"推荐方案

　　(一)指导思想:

　　知识贡献是引领教师专业发展的需要。因此坚持"公开、公平、公正"的推荐原则,公开推荐过程、公开推荐标准、公开监督渠道,切实选拔出"愿共享、有能力、有作为、有影响"的优秀人才。

　　(二)推荐条件:

　　1. 在本学年度中勇于实践,将自己的研究成果在备课组上与教师共享。

　　2. 主动为备课组或同事提供多次教育教学资源(如自制教具、ppt 等)。

　　3. 向知识管理系统积极上传资料,所传资料被学校知识库采用。

　　4. 主动参加各级各类学习培训活动,虚心学习,取他人之长,注意个体知识的积累。

　　(三)推荐程序:

　　1. 明确推荐条件,查看相关资料。

　　2. 组内讨论。

　　3. 拟定推荐人选。

　　4. 填写上报表格。

5. 师资培训部审核。

（四）推荐表：

姓　　名		所在组室	
一年来参与知识共享的情况			
所在组室意见及理由		组长签字： 　　年　月　日	
师资培训部意见		主管签字： 　　年　月　日	

学校通过《知识管理激励制度》建立团队绩效考核和奖励制度，将知识共享和团队绩效作为组室考核的一部分。

对于教研组提出："团结一致，相互关心，分工协作，和谐友爱，成为勤于思考的学习型组织、勇于创新的研究共同体；组内共享活动有具体措施和实效"要求，设立"团队和谐奖"，促进教研组共享风气建设，并作为"优秀组室"评选的必备条件之一。

这些激励制度作用的发挥，让学校教师更注重成长的体验，更多体会工作中的成就感，有效地让教师感受到知识共享所带来的益处远远大于将知识占为己有所得到利益，使知识成为教师不断创造和创新的动力，使每一个人都能享受到知识所带来的方便和利益。

第三节　促进相互信赖的组织文化建设

一、学校内的不同组织文化

组织文化是指组织中的成员共有的价值体系。组织文化的内容和力量对员工行为的影响绝对不可小视。如果一个办公室的所有成员都认为上班时不应当聊天,那么那些爱聊天的员工也不好意思再聊天了。这就是组织文化的力量。优秀的组织文化将自动告诉员工什么是对的,什么不对,他们应当怎样做。优秀的组织文化应当是鼓励员工进取、革新,允许员工自由争辩和公开批评。出于这种文化中的员工将意识到不道德行为的存在,并对他们认为不正确的行为进行公开挑战。

但是事实上,我们根据学校中的教师与教师关系,发现在学校内组织文化常常有这三类情况出现:

(1)派别文化:派别内部,教师之间往往联系密切,共享一定的观点和共同追求利益。而在各派别的成员之间,则互不交流、漠不关心,或者相互处于竞争状态(圈子现象)。

(2)个人文化:行为上表现为往往只坚守自己在业务和学术上的独立王国,而不愿与他人合作互动(个体户现象)。

(3)合作文化:合作文化追求教师之间的相互学习,一起共享和交流他们各自的专长,从而促进教师的发展。

不同文化的出现,归根溯源,一方面教师工作是个性化非常强的工作,从某种程度上说,教育教学本领是教师的私人财产;另一方面,有关的研究表明,在人际关系网络中,对于未知的知识,约有六分之五的人首先会向熟悉的朋友或人际关系圈内的人请教,然后才会向组织的显性资料求助。所以,如果在教学过程中,教师敝帚自珍,自我封闭,单打独斗,则不可避免出现搞个人文化,或搞派别文化的倾向。这样,显然对学生的成长是不利的,不利于学生的全面发展,因为在教师开展工作时,容易将自身的长处和短处捆绑在一起教给学生,有局限性。对教师自身发展和学校发展同样都是不利的,时代需要教师合群、合作。

二、合作文化催生共享

新时期学校发展需要突出教师之间合作与对话,沟通与协调,共同共享经验,以减少教师由于孤立而导致的自发行为、错误行为。让教师群体的智慧面对学生,则可避免给学生带来更多的不利。但是不同的组织文化对知识共享有着不同的影响作用。

从文化的环境作用看,据文献记载,Cartner集团的一项战略报告对组织文化及其对知识共享的相互作用作了形象描述:

(1)多头"割据"的组织文化,在相互猜疑的环境中竞争并进行知识封锁,共享的潜力非常小;

(2)自上而下的权威文化,对权威的维护和决策的集中化,使其难以适应环境变化,知识共享的潜力依然受到限制;

(3)一种称为地方自治的"联邦"文化,基于开明的合作以及对专有权利的承认,其中知识共享的潜力是最高的。

我们发现,随着学校教师间群体合作的开展,群体的工作效率明显高于非合作性群体,个体间的信息交流也比较顺畅,使得教师各自的教学实践知识得以共享,教师之间不同智能优势得以显现,有很多收获。

第一,共享使得教师彼此能够相互激励,相互谅解;

第二,共享使有限的专业资源得到利用;

第三,共享改善学校组织内部的人际关系;

第四,共享使教育教学不再是教师个人的事业,当教师独立发展受到挫折时,共享文化可为其提供情感支持。

通过共同探讨,教师们相互启发、相互补充,产生新的思想,更愿意在一起共享彼此的智慧、思维方式、认知风格等方面存在的差异,愿意去帮助他人发展某种新的能力,使同事关系向伙伴关系转化。

由此,我们开展了促进教师相互信赖的共享文化建设的探索。其根本目的是希望能够探索一条教师文化发展的正确之路。通过教师文化的发展与转型,促进教师的成长。

三、对于共享文化影响力的认识

我们认为,学校文化对于学校发展的有着至关重要的影响,它给学校带来的有形和无形的双重效益,使之成为促进学校发展的有效手段和精神动力。而促进信赖的共享文化建设,有利于教师各种思想长期相互作用,在学校内部达成共识,具有很强的凝聚力和向心力。

所以我们可以毫不夸张地说,创建促进信赖的共享文化是学校管理的一场变革。学校重视营造"支持、信赖、合作、共享"组织文化,重视组室建设,随着共享制度与措施的深入推进,教师的自我意识呈现以下需求:

(1)明显感到知识不足。近年来,学校教师越来越感到自己原先所掌握的知识已不能胜任常教常新的教学工作,尤其是进入二期课改,迫切需要让自己的知识不断更新,这种良好的自我认识和愿望,反映教师积极向上的心理需求。

(2)合作共享意识增强。学校中教师大部分能主动从书本学习、利用网络学习、主动向他人学习。教师之间的合作交流越来越频繁,老师们深刻地认识到教师的专业发展单靠教师个人力量是不够的,必须依靠团队组织。96%的教师已经领会到群体间相互交流与合作对自身发展的重要性。

(3)迫切希望拓展信息交流的渠道。工作中,老师们的信息利用意识有了较快的提高,由于群体意识的增强,老师们更加希望能有更宽广的途径、先进的技术来迅速、便捷和准确地得到帮助,在获取知识的同时,随时展开有效的研究与探讨。

四、促进相互信赖共享文化的建设

需要进一步指出的是,教师个人或组织独有的知识具有垄断性,对于教师个人来说,共享之后的知识不再被自己独有,垄断知识所带来的优越感和技高一筹的心理满足有时会受到削弱,而知识的释放和共享是不能被监督和强制的,这也是阻碍知识共享的重要因素。

仔细分析上面的文化环境与个人因素对教师知识共享的作用,我们发现这些客观的因素是可以通过一些有力的措施加以改善的,其核心是改善学校中的组织信任和人际信任,建立促进信任的正面文化。

所谓组织信任包括"团队的凝聚力、教师个人的特质和组织的制度等影响因素;人际信任则包括以能力为基础的信任和以人格影响为基础的信任"。参照这样的观点,我们致力于如下的实践:

1. 营造环境氛围,引导知识共享行为

倡导在"支持、信赖、合作、共享"的校园文化下的教师团队互动,关注并分析每一个教师的特质(年龄、喜好、性格、经验积累等),制定可行的个人职业发展战略规划,进行全程跟踪培养;与此同时,全方位了解教师的专业与生活的细节,明确需求,及时给予人性化的关怀,不断提升团队的凝聚力和教师的归属感。

在学校,教师是知识的传播者,也是知识的创造者,学校不仅要推动教师不断地开发新知识、积累新经验,还要保证这些新的隐性的经验能够共享。而知识管理为我们达成以上的目的提供了新的思路,它使我们意识到学校管理者的一项重要的工作就是确保知识交流畅通,其目的是激发在学校中教师在吸纳与整合中不断产生新的思想,新的经验,从而提高教师素养,提高学校创新能力。我校现有教职员工 125 人,教师 110 人。学生 1 822 名,是全区规模最大的一所小学,50 年的办学,积淀了良好的文化氛围,人际关系和睦,学校各方面均衡发展,"七彩高一,和谐校园"是全体教职员工共同追求的目标。一直以来,学校重视营造"支持、信赖、合作、共享"的教研文化,重视教研组建设,为了提高教研活动的有效性和针对性,近年来,学校积极开展"以课例为载体,专业引领、同伴互助"的教研模式的探索,使教研活动切实成为帮助教师提高解决教育教学问题能力,促进教师专业发展的有效载体。老师希望迅捷、准确得到相关帮助、得到相关知识的意愿更加强烈,教书育人工作是一种集体、协作性很强的精神劳动。教师们十分重视和谐的人际环境、浓厚的学术环境及催人奋进的文化环境等方面人文环境的营造。而这又是一项全面的系统工程,包括心理的导向、观念的更新、骨干队伍的建设、活动的开展等等。

2. 建章立制激励,规范知识共享行为

事实说明,有效的知识共享行为不会自然发生和维持,尤其是在初期的规范过程中必须借助"外力"的推动来导入一个良性循环,随着知识共享程度的提高,共享的内在动力就越大,知识共享活动也越容易形成学校中持久的良性循环。

学校再造共享文化,需要经过长时期的沉淀和积累,在这个沉淀和积累过程的初期,共享活动要有规章制度来保障。为此学校在具体回顾和分析已有经验基础上,本着抓住关键,突出重点,易于操作、注重激励的原则,陆续制定并出台了《学校知识共享条例》、《知识管理激励制度》和《高一小学知识主管岗位职责》等文件。这些文件主要体现了以下几方面:

(1)满足教师公平的需要。根据共享的需要不仅进一步修订完善各项制度、各种条例,更得把许多工作的做法程序化、公开化,促进教师共享活动有序开展。

(2)满足教师成就的需要。不同年龄层次的教师在事业上的追求是不同的,而人人有成就的需求。根据共享的不同要求加强师资队伍建设,满足每个人这一方面的需求,能有效引领着大家在教师专业发展道路上快速成长。

(3)满足教师情感的需要。人,区别与动物的最根本之处便是有感情。只要真心付出必定有收获。对于知识共享方面做出成绩的教师,给予合理回报,如评优晋级优先考虑。

这些引导性、规范性的制度,有效地将教师的知识共享活动纳入学校管理体系,从而为创建正面引导的信任文化奠定基础。

3. 开展共享活动,培育知识共享文化

教师知识,有着隐性和显性之分。这些知识孕育在他的教育教学工作中。作为学校,要有一双慧眼,要善于发现和挖掘,捕捉共享点、组织有效的共享活动。活动要充分关注正式与非正式两种类型,正规策划的如传统教研组活动、班主任培训等等,具有共同情感团体的非正式活动如手拉手结对教师、师徒带教等等。正视这些活动的存在,利用影响与改变它们,引导它们,为共享文化作出积极贡献。

学校现有比较典型的知识共享活动有:

(1) 骨干教师深度会谈

深度会谈是通过在所有对话者参与的同时,共享所有对话者的意义,从而在获得新的理解的交流活动过程。深度会谈并不是去赢得争论,而是一种集体参与和共享。我们每学期由青年教师定期向骨干教师进行面对面的访谈,有针对性地询问有关教育教学中的疑惑,并整理成详尽的访谈记录,访谈者还应记下访谈后的体会,再由知识主管分别归类,列入"知识库"中,便于其他教师遇到类似问题时查询。以下是一位新教师就"课堂组织教学"的问题对校骨干教师的一次访谈记录:

甲:在我设计的教学活动中,分组讨论、自由交流等形式比较多,这时,捣乱的、起哄的、吵闹的现象就出现了。对于课堂行为表现特别差的学生,我软硬兼施,但总是没什么效果,实在是到了无可奈何的地步。你有什么好办法吗?

乙:学生良好的学习习惯的培养,极其重要,特别是对一、二年级学生来说。所以,在教学中,老师只有保证让所有的学生,都投入到你组织的教学活动当中,积极参与其中,教学的成功才有保证。我上课时,经常是来回走动于教室的前后左右,时不时地用眼睛告诉学生,我在看着你,你在认真听吗?时不时地又用手摸摸学生的脸,碰碰他的手,让他明白,老师在关注着他,他可要专心些。

甲：那对于课堂行为表现特别差的学生该怎样批评？

乙：学生不好，不能一直批评，要多鼓励他，一发现他的细微进步，就马上予以表扬，有了信心，才能要求上进。

甲：听了你的介绍，我想可以归纳为两点：其一，对于个别学生，应适时暗示或批评；其二，对于大部分学生的散漫、放纵，应多引入趣味的竞赛机制，以鼓励为主。对吗？

乙：对，我们归纳一下。一为暗示法：当然这比较适合极小范围的行为稍有偏差的学生，如用目光暗示，或在暗示的同时配合语言提示，比如可以说"个别同学刚才大概没听见吧"或"第二组第一排有一个同学没在认真听讲"。在这种暗示还起不了作用的时候，就边讲解边走向不专心的学生，以非语言行为的暗示或提示来减少对其他学生的影响。同时采取另一种办法：一节课上凡是被三次点名批评的没收一张奖券。这样一来，已经被暗示过的人就有了一定的危机感，行为有所收敛，课堂环境有了很大的改善。

二为冷落法：当个别学生的不良行为不会对其他学生造成干扰时，不予理睬。在可能的情况下，安排其他学生进行一些活动抵消他的干扰。如用幽默的语言活跃一下课堂气氛，吸引学生的注意。

三为行为替换法：教师可以对正在进行不良行为的学生进行行为替换。如在分发试卷的同时，请一个爱动的学生帮忙传递试卷，并表扬他是老师的好助手，使他从行为替换中得到心理的满足，从而激发他下一步的良好表现。

甲老师的体会：对于行为偏差的学生也要注意适时的鼓励与表扬。一味的苦口婆心，他们没有反应；一味地斥责，只会使他们产生逆反心理。所以要紧紧抓住他们闪光的瞬间，给予充分的正强化，这样会收到意想不到的效果。

（2）学年工作衔接

每学期的学年交替时，按照学校知识管理的有关要求，它包括任课教师和班主任工作衔接，以及教研组工作衔接两部分。在第一部分,前任教师(包括班主任)必须将学生学习水平、能力及特点向接任教师作具体的说明,同时,将自己所采用的教学方法、手段及作业布置等情况向新任学科教师做交代,并提出具体建议。有些音、体美学科一位教师带多个班级,还须列出每个班级学生学习的特点。第二部分则有前任教研组长向新任组长具体介绍本教研组的活动情况以及主要特点,并提出活动建议。以下分别是一位外语教师移交班级时的诊断建议和学校教研组交接情况记录表。

表 5-1　交接情况记录表

班　级	学生行为习惯概况	学生学习特点	教学建议
二(4)班	学生自控能力一般	班级学生水平参差不齐	分层教学
二(5)班	听讲认真,课后能做好复习	总体情况良好,个别学生与班级水平有差距	对个别后进生多给予关心
二(6)班	课堂上师生互动较好	学生水平较接近,语言表达能力强	课内外结合教学
二(7)班	有一部分学生不会听讲,易分心	两极分化	分层教学,缩小差距
二(8)班	上课注意力容易分散	语言表达能力不强	多让学生开口练习,培养兴趣

表 5-2　学年　　教研组交接情况记录表

年　月　日

年级学生知识掌握、能力发展情况: 优势: 不足:
教研组活动的经验和教训:
建议:
其他:

这样的学年工作衔接活动,将以往多通过非正式渠道交流的零散信息,纳入规范,为学校的知识传承与积累提供了载体,也构成了学校较有特色的知识共享活动。

（3）教师沙龙

教师沙龙是丰富教师专业生活,营造良好知识共享文化的有效方式,这一活动方式在我校已形成传统,每月有固定时间在学校的"教工之家"或其他地点进行。目前主要有两大类型,见表5-3。

表5-3　高安路第一小学教师沙龙简介

类　　型	举　　例
教育教学研究类	学科教学沙龙、教研组长沙龙、班主任沙龙
文化休闲类	教师艺术沙龙、教师理财沙龙、教师健身沙龙

学术沙龙气氛宽松,教师在温馨的闲聊中不断增强了人际信任,为教师的知识共享增添了很好的人气氛围。

4. 重视文化建设,夯实知识共享基础

现代学校教育面临的是充满活力、个性迥异的学生个体,又是为飞速发展的社会培养人,单纯依赖教师的经验已经力不从心。基于这一理念,学校十分重视文化建设,要求年级组和教研组成为研究、学习、育人的共同体,积极营造一种合作、共享的教师文化氛围。

（1）促共享愿景

教师,尤其是青年教师,发展的起点和前景取决于他们自身的文化支撑,只有不断的与时俱进,才能不辱使命。为此,学校制定了《教职工学习制度》,明文规定每个教职工必须加强不断的自我进修。除了对学历进修、业务进修制定具体的规范性、奖惩性条例外,还要求教师"多读书、读好书"。学校组织大家进行各种形式的学习交流。对于那些渴望通过学习来扩充专业角色、提高文化素养的教师,学校及时提供机会,给予关怀、信任和奖赏。对骨干教师和党员,我们通过代定杂志或允许报销一定金额等措施,引导他们带头走学者型道路。

(2) 搭共享"舞台"

学校教育要培养具有个性、富有创造力的学生,首要前提是教师得有进取精神和创新意识。从鼓励教师展开个性翅膀的角度出发,我们倡导教师在规范之上的空间里,确立和追求自己的目标,学校尽最大可能为每一个人搭建舞台、创设机会。例如,年年举行的青教评比活动就是帮助青年教师提高教学技能和展示自我风采的载体。今年,我们更是"做足文章",不仅鼓励人人报名参赛,挑战自我,还安排了由教研组组织初赛评比、选送代表进入复赛,进行了三场复赛的说课和基本功展示,又以一场别开生面的"'真我风采'才艺大赛"作为决赛的一个内容。青教评比的整个过程成了学习切磋、欣赏鼓励的过程,营造了一种难得的和谐融洽的教师文化氛围。因而连每一次借节日之际举办的教职工联谊和聚会,我们的工会也会绞尽脑汁地设计丰富多彩的活动,搭设各种各样的舞台,展现教职工的多才多艺,促使每一个人追求多元发展。

附:班主任工作经验共享

(一)指导思想:

根据学校计划,积极营造一个"天高任鸟飞,海阔凭鱼跃"的宽松、平等的人文教育环境,大力倡导知识共享、经验共享,全面提升班主任工作的整体素质,使校园充满生命力。

(二)共享内容:

班主任工作理念、班主任专业知识——班主任工作职责,班级常规管理,现代班级集体建设等。

班主任专业技能——班级组织工作能力,与家长交往能力,培养小干部能力,板报设计能力,设计班队活动能力,运用现代信息能力等。

班主任专业道德——爱岗敬业,为人师表;以身作则,言传身教；处事公正，实事求是；勇于进取，富于开拓等。

其他相关知识——心理学、教育学、社会学、管理学等多角度的知识。

（三）共享途径：

推荐相关文章。

班主任论坛。

老班主任带教新班主任。

优秀主题班会展示。

教育个案、案例分析、教育心得网上交流。

（四）奖励机制：

以积分的形式，鼓励班主任广泛阅读杂志，上网浏览，外出学习，注意积累平时工作和学习中的点滴经验，及时撰写教育随笔、感想、经验等，教导处对大家上传的资料进行及时梳理，避免内容重复和内容空洞，并及时挂到校园网上，供大家学习与共享。

推荐 1 篇文章并共享，积分为 1 分。

在班主任会议中，论谈 1 次积分为 8 分。

带教新班主任工作 1 人，积分为 10 分，新班主任成绩突出，酌情加分。

主题班会展示 1 次，积分为 6 分。

教育个案、案例分析、教育心得网上交流 1 次，积分为 4 分。

（3）树共享"典型"

实践中我们发现，教师群体的整体提高很重要的是必须重视典型引路的作用。近年来已经开展和正在进行的"树榜样、学先进"系列活动就十分有效地促使每一个教师去思考"今天该怎样做教师"这一命题。期末按程序全校教职工范围评选产生的"校学科带头人"、"校优秀班主任"和"优秀服务明星"活生生教育大家：健康的价值观、高尚的道德情操和走在时代前列的学识是我们的追求。我们不仅注重学习和宣传各种先进人物，也不忘学习和宣传身边先进的

"你我他"。通过这样的典型引路,帮助教职工树立正确的世界观、人生观和价值观,而这一切又是形成为人师表、垂范师德教工文化的基础。

我们就是这样尝试建立以学术研究为主导的教师文化,营造学习、研究的组织氛围,努力提升教师素养,培养教师"教有童心、育有爱心、工作有责任心",逐步建设一支"团结、求实、开拓、进取"的教师队伍。

附录一：
知识共享活动案例荟萃

知识共享产生动力
——一次基于共享的语文学科教研活动案例分析

一、活动背景

1. 课题研究的背景

学校知识管理的本质是促使教师的隐性知识和现行知识的相互转化，以提高教师在组织中有效运用知识的效能，促进其专业不断发展。知识就是力量，知识（教师的个人知识和教师群体知识）是校本研修的核心推动力，知识创新是学校核心竞争力的体现。我校承担的市级课题"基于教师专业发展的知识共享平台构建的校本化研究"，以"营造知识共享文化、促进学校知识创新"为切入点，既融合了学校已有的基础与优势，又将校本教研与现代知识管理理念结合起来。我们力求通过本课题的研究，结合语文学科教研实践，策划和组织系列知识共享活动，以促进教师专业发展。

2. 研究专题的价值

语文教学有三个层面，一是语言文字训练层面，二是文化的层面，三是审美的层面。语言文字训练是语文教学最基本、最核心的层面，语文教学必须加强语言文字训练，而不能淡化。据《中国教育报》载，教育部也已部署了对课标的修订，此次修订强调要处理好五个关系,其中一个关系就是"掌握基础知识和基本技能与培养创新精神和实践能力的关系"。"掌握基础知识和基本技能"也就是要扎稳语文教学之根,而要"掌握"它必定离不开"训练"。基于以上认识,我们语文教研组于 2006 年 8 月开始了"如何根据教材特点适度有效地学习相关语文知识"的探索,力求通过设计教研大组相关知识共享活动来促进教师对此问题的认识和理解。

二、活动的总体思路

我校是徐汇区规模最大的一所小学,共有 5 个年级,每个年级 9 个平行班,语文教师共 45 人,是一个大型的教研组。为了实现知识共享的有效性,在校领导和有关专家的指导下,此次知识共享活动主要设计了以下步骤:(1)介绍团队,了解基本信息,三年级备课组长介绍备课组成员,包括团队特色、教学专长,重点介绍执教的青年教师马老师。(2)场景再现,比较区分异同,观看马老师三个课堂教学片断的录像,备课组长介绍三个课堂教学片断的设计意图,并抛出三个需要关注的问题。马骥老师现场执教研究课《饭钱》,听课教师重点关注三个片段在观摩课上的不同设计,比较前后三组课堂教学片断的异同。(3)答疑辨析,聚焦关键问题,第一次分组讨论,将 45 位教师分成 9 组,班次相同的教师为一组,每组 5 人。(4)团队重组,理性提出假设:第二次分组,将 45 位教师分成 5 组,年级相同的教师为一组,每组 9 人。(5)总结呈现,引领教师反思:总结出两次讨论后的开放性结论,呈现在知识库上。(6)整理课例,形成知识积淀:教师结合具体课例,填写课题研究表格,在备课组内集体讨论修改,经教研组长审核后入学校知识管理库。

三、活动的展开和分析

1. 介绍团队,了解基本信息

2007 年 1 月 4 日下午,语文大组知识共享活动如期举行。首先由三年级备课组的知识主管介绍三年级教研组成员,重点介绍执教的青年教师马骥,展示了马老师独立制作的两个课件。在场的老师们听得很仔细,不时发出了啧啧赞叹。

分析:介绍团队成员意在向教师展示备课组团队风采,凝聚团队精神。展示青年教师也体现了"学校知识管理不仅是管理知识,也是对知识拥有者——教师的管理"的理念,利于形成促进共享的机制。

2. 场景再现,比较区分异同

(1)播放三个录像片段(A式),教研组长说明设计意图,供老师们与现场所上的课进行比较。

片断一(A式):对"恳求"的理解。

"恳求"的"恳"念得很好,这个字是前鼻音,一起读两遍,如果把心字底换成别的部首,还可以组成什么字,出示:很、狠、恨,这几个字有共同点,都是前鼻音。

片断二(A式):理解"巴依早就到了,正在同卡子高兴地交谈着"一句。

老师提问学生回答:读读这个句子,思考:巴依为什么早就到了?为什么会显得那么高兴?他正在同卡子交谈着什么?

片断三(A式):理解阿凡提爽快地答应后的想法。

阿凡提怎样想的?自由读5~9小节,完成填空。

阿凡提想,按照巴依和卡子的说法,闻了<u>饭菜的香味该付钱</u>,那么我让巴依<u>听钱的声音也算付钱</u>,于是,阿凡提<u>爽快</u>地答应了穷人的要求。

(2)观摩马骥老师执教的《饭钱》,并关注录像中的三个教学片段在观摩课中的不同设计。

片断一(B式):对"恳求"的理解。

将"恳求"与"请求"分别放在句子中,学生朗读品味,辨析比较,体会"恳求"的表达效果。

片断二（B式）：理解"巴依早就到了，正在同卡子高兴地交谈着"一句。

教师首先指导学生找到这句话中的关键词，再引导学生抓关键词"早就到了"、"高兴"、"交谈着"质疑：巴依为什么早就到了？为什么同卡子高兴地交谈着？他们在交谈着什么？小组讨论这三个问题，并试着完成填空：

巴依为了_____，提早去找卡子，见到卡子，巴依_____地说："_____。"卡子_____地说："_____。"说完两人哈哈大笑，显得非常高兴。

片断三（B式）：理解阿凡提爽快地答应后的想法。

完成填空：

阿凡提想，按照巴依和卡子的要求，<u>闻了饭菜</u>的香味，就等于<u>吃了饭菜</u>，该付钱，那么我让巴依<u>听钱的声音</u>也等于<u>付钱</u>，于是阿凡提<u>爽快</u>地答应了穷人的要求。

听课时，老师们关注了三个片断的不同设计，快速地记录着，还不时地小声议论，似乎对这种形式新颖的观课较为赞赏。尤其对第三个片段（B式）的设计，纷纷记载下来。

分析：通过课堂教学片段的对比，呈现问题，让听课教师关注教学设计背后的理念支持是什么？为什么同一环节设计不同，效果也不同？这是根据教师的需求选择观课的材料，易于激活教师相似的缄默教育知识，这种形式能促使教师实现教师隐性教育观念的觉察、解构、明晰和重构。

3. 答疑辨析，聚焦关键问题

第一次分组，将45位教师分成9组，班次相同的教师为一组，每组5人。讨论的问题为：三年级的字词教学如何与课文的学习理解有机结合？语言训练如何适度有效地落实三维目标？如何结合课文初步培养学生的质疑能力？讨论现场热烈，每组中的5位老师既有讨论，又有质疑。每组中的三年级老师忙着答疑，进一步具体阐释三组教学片段的设计意图,同时听取其他老师的建议。

分析:9个组中每一组都有1位三年级教师,由于这节观摩课是集体备课的成果,中间又历经了几次修改,因此三年级9位教师对这3个问题的认识要比其他人深入些,这样的群体研讨交流能促使教师完成知识的感悟与转换,为深度碰撞提供了条件。

4. 团队重组,理性提出假设

第二次分组,将45位教师分成5组,年级相同的教师为一组,每组9人。大家分别把原先各自5组内的讨论情况带回自己的教研组内。这次讨论没有第一次热烈,可能是理解趋于理性,大家忙着帮备课组长记录整理讨论结果。

各组之间交流碰撞,5位备课组长即时将讨论结果整理在事先发下的纸上,便于事后存入学校知识库。一年级组对这节课的字词教学给予了肯定,并梳理出了五种理解词语的方法。五年级组认为本课在语言训练方面做得较好,从板书设计、情境创设、指导朗读方面落实语言训练。二年级组表示,除了肯定优点以外,还有建议。其中有一个细节,当二年级组组长发言后,推出本组的另一位老师发表不同见解,但推辞之后,那位老师并未发言,而是继续由备课组长发言。她认为"公道话"的设计,学生的理解浮于表面,仅理解为"公正",而"道"的意思是"合理",但教师并未意识到,也没有及时点拨、引导,导致对于文章"道"的感悟过浅,阿凡提这个人物形象未立起来。她发言时,少数老师小声议论起来,但多数人仍平静地等待主持人的发言。

主持人肯定了二年级老师敢于质疑的意识,并请三年级老师解释"公道话"这一教学环节的预设与实际是否有出入。三年级老师也认为这与教师的教学机智有关,教师未及时抓住这一生成问题并将教学引向深入。另一位老师也肯定了马老师在"语言训练落实三维目标"方面做的较好,培养了学生的质疑能力,而且教会了学生质疑的方法。四年级组认真地比较了三组教学片断的异同,也很赞同前面教师对"恳求"的建议,详细回答了三个问题。

分析:知识共享的一个重要原则是尽可能增加教师接触面,尤其是不同想法的教师之间的接触。此次共享活动设计了两次教师重组,这种交叉重组提高了教师的接触面和共享率,让不同个性、不同想法的教师共同接触,这种形式比较适合人数较多的教师团队。但从共享的有效性来看,还有不尽人意之处:虽然5个组都有代表发言,但更多的是在就事论事,并没有紧紧围绕前人的观点讨论,共享的积极性不高。教研大组长主持人的角色过浓,没有及时捕捉教师发言中新的见解或不当之处,有效地引导教师充分碰撞。一位教师发言时,其他教师的参与积极性不够,看似在专心聆听,却没有即时反馈。由于准备不够充分,未考虑到教师个体在共享活动中应发挥的作用。教师虽在小组里踊跃发言,但不愿在大组层面发表观点。我们期望创造一种环境,让教师之间能够彼此共享各自的经验,尤其是能使其他教师得以意会优秀教师的教学智慧并与之产生共鸣。

5. 总结呈现,引领教师反思

教研大组长做活动小结,并将讨论结果归纳整理后输入知识管理平台,完成了前期知识寻呼的问题解答。

(1)关于理解词语的方法:阅读教学中可以用不同的形式理解词语,给出词语的相关注释供学生在具体语境中选择;利用文中关键词理解词义;联系上下文理解词义;找近义词或反义词来帮助学生理解;拓展语境帮助学生辨析词语的感情色彩。

(2)关于语言训练落实三维目标:语言训练应该抓住教学的重点与难点,层层深入。过程与方法这一纬度体现了教师的指导,如设计有效的填空,分角色朗读等等都是落实三维目标的手段。

(3)关于培养学生质疑能力:教师由扶到放,既教给学生质疑的方法,又有机地规范了学生语言的表达,这种形式比较适合三年级学生的认知水平,能初步培养学生的质疑能力。

教研大组长：大家讨论得很热烈，并整理出了今天的研究成果，但这并不代表研究的结束，我想，今后我们将继续在教学实践中进一步研究，将一些好的做法及时上传到知识管理平台，不断完善知识管理平台中的成果，把更多更好的成果总结出来，让更多的老师能共享我们的成果。

大家专注地看着，看得出都希望获取这种操作性强的教学策略以指导今后的教学。

分析：这一环节既是知识共享活动的显性知识的集中反映，又是为下一轮研究活动提供方向。当教师的建议受到尊重并被纳入知识库又重新让全体教师共享时，每个教师的能力都得到了一次提升，团队的专业水平就大为提高，最终使参与这项研讨的个人与组织都完成了一次"自我实现"。同时，活动小结具有开放性，让全体参与者带着问题去思考，体现了课题研究的延续性。

6. 整理课例，形成知识积淀

布置教师选择自己本学期执教过的课例，按要求完成以下表格，作为本学期课题研究成果。下一阶段以备课组为单位组织研讨，在组内集体讨论修改，经教研组长审核后入学校知识管理库。老师们认真地聆听着要求，有的在和同伴商量将要选取的课例。

学科	语文	第 册	第 课	课题		提供者	
知识点	达标度		随文教学的环节		操作说明		
辅助补充练习							

分析：实现隐性知识向显性知识的转化的关键是知识的运用和创新，学校要求教师在交流后认真整理交流资料和课例，这种连续的跟进活动是把隐性知识转化成显性知识的过程，教师在这一过程

中学会举一反三,活化知识,将课题研究成果积极融入自己的经验体系,这个转化过程是知识创新的关键。

(1月31日,各备课组完成了课例的整理与修改,并上交了教研大组,经大组长审核后上传知识管理平台。截至本文完成之际,共上传了90个有质量的课例,为课题的深入研究积累了丰富的实证材料。)

四、活动反思

我们一直在思考,教研活动怎样组织和策划更有利于教师的知识共享和创新,此次共享活动给我们许多启示。

知识共享不是简单的知识的传播和扩散,而是传递、吸收、理解、运用和创新。要实现教师群体知识的共同化,提升整个团队的教学水准,需要营造共享的氛围,对学校所有教师进行有效的培训,让全体教师理解知识管理的真正含义,从而认识到知识管理并非组织"剥夺"个人核心知识的手段和方法,而是对个人成长、组织发展、学校竞争力提高都有价值的活动。知识管理的精华在于贡献,它与对他人观点的尊重有关,它与个人学习的起点有关,它与从这一过程学到的经验教训有关,因此,让每位教师认识到知识管理对于个人的价值极为重要,让整个团队中的每一位教师都能做到知无不言、言无不尽。

教研组长是知识共享活动的关键人物,他既是教学领导,又是研究的灵魂人物。教研组长这个关键人物应能引导团队深度共享,积极创新。教研组长在活动中的关键是实施过程的调控,比如:如何引出讨论话题,讨论冷场时如何调控,讨论偏题时如何拉回,讨论浮于表面时如何引导深入,讨论结束时如何总结迁移等等。

知识共享活动较常见的形式是群体的研讨交流,在交流中难以实现深度共享往往是组织者较为棘手的问题。这里,我们有必要区分讨论的特征:当讨论带有一团和气的特征时,就无法激发新的见解；当讨论带有全面冲突的时候，这种不稳定的平衡或者大家干脆完全回避问题，也不能激发出新的见解；当大家虽有争议，但仍然愿意讨论和互相交流听取意见时，才会激发出新的见解，这才是深度共享的讨论。比如这次活动中第一次分组达到了预期的效果，但第二次团队重组的共享效果并不理想，究其原因，大致有二：首先，知识共享的关键是使每一位教师在讨论过程中有不同程度的内化与转换。第二次分组的目的是希望5个备课组能在第一次讨论的基础上，进一步提升出个性化的教学策略，以实现知识的运用与创新，但是由于未能及时引导深入挖掘，使讨论浮于表面；第二，活动准备不够充分。要使每位教师在讨论中能够交流有效信息，在活动前围绕讨论专题搜集资料，以激活教师大脑中的经验和知识，发现一些有关的知识，活动中应创造条件让教师争辩、完善、质疑，让教师学会有效地观课议课，活动结束应能回到实践中运用与改进，这些前期准备工作和后期跟进工作才能使一次知识共享活动的效益达到最大化。因此，组织高质量的具有深度共享特征的讨论是实现知识的感悟与转换的重要途径。

只有组织有效的知识共享活动，才能实现知识的增值与创新，因此，从某种角度上讲，知识共享产生动力。

（景洪春）

灵感，在知识的有效共享和创新中萌发
——一次基于知识共享模式的英语教研活动案例分析

一、教研活动的背景

1. 基于教材

牛津英语教材所具有的 Building blocks 的编写特点和 Task-based learning 的教学理念，不仅为教师参与课程建设和组织课堂教学提供了很大空间,而且也为学生的英语学习和能力发展拓宽了视野。教师要学会多角度钻研教材,创造性理解和使用教材,要尽可能地由教材的"复制者"转变为教材的"创造者";要根据自己学生的实际情况和课程标准的要求,对自己使用的教材作出适当的裁剪,加深并拓宽课程的内涵和外延,从而达到最好的教学效果。因此,"拓展"成了我们英语教学中的一个重要话题。

2. 基于教师课堂

"拓展度"的把握是成功课堂教学的一个重要标志。通过听课评课活动,部分教师原有的认知与同伴间传递的信息发生了一些冲突。有些教师担心,如果关注拓展,可能无法在有限的教学时间内落实一堂课的知识点,从而不能完成课堂教学目标。而有的教师却喜欢让学生多学,学深,因此,课堂上又出现拓展过度的现象。因此,如何适度拓展,成了教师把握课堂教学的难点。

3. 知识共享背景

在听课过程中,我们还发现,教师对于"拓展"的个人理解知识是教师通过对教育教学实践的经验探索,自我思考与自我组织的过程,形成的一套对自己有用的方法和策略,在教学中她们会无意识地"自动化"地表现出来。教师本人很难意识到自身拥有哪些方面的,有多少隐性的知识,更不用说将它们显性化明晰化并主动与他人共享。基于学校目前正在开展的《构建知识管理平台,促进教师专业化发展》的课题研究,我们尝试运用知识共享模式来开展教研活动,引导教师在研究中共享,在共享中提升。

二、教研基本环节

(一) 聚焦话题,资料收集,理论学习

通过翻阅书籍,收集资料,观摩展示课等先对所研究的主题有个初步的认识,明确研究的意义与价值所在。

为了更好地开展关于适度拓展的系列教研,在确保底限达标要

求的同时又给予学生的发展提供充分的帮助,加大语言输入量,于是,教研组长在学校以信息技术为支撑的"知识寻呼平台"上适时地抛出了问题:"什么是拓展?结合你的教学实践谈谈你对拓展的理解?"知识寻呼一发出,组内每位老师结合自己的教学实践纷纷上平台谈了对"拓展"的理解,并将自己找到的相关资料发到知识共享的平台上进行交流。与此同时,我们教研大组也组织组内老师网上学习,举行讲座《英语拓展课之我见》。在参与了基于知识平台的知识共享交流活动后,老师们已有的教学经验被激活,有的更明晰化。

设计分析:

提炼一个研究主题,是对自身教学工作的一种深刻反思。组织教研组老师聚焦话题,是进一步引导组内老师围绕专题开展教学研究的重要环节。本教研环节先利用学校知识管理平台组织教师进行问题寻呼和解答,并引导教师将自己收集的学习资料上传,通过这一次网上的知识共享活动,这既让教师个体在资料收集和学习的过程中发现对自己有用的知识,从中获得启发,又通过网上相互交流相关讲座,发现他人解决问题的新方案或新经验,为教研组进一步开展知识共享活动打下基础。这样的教研环节设计,注重过程,有针对性,符合教师专业成长的需求。

(二)课堂实践,案例深度研讨

有了一定的理论支撑后,进行课堂教学实践是检验其是否成立的最有效方式。教学内容的拓展并不是与日常课堂教学割裂开来的,也不完全游离于教材之外,而是教师根据学生与教材的实际情况,在知识点上进行适度的拓宽和延伸。于是,教研组适时地结合学校青年教师课堂教学评比活动,组织组内老师积极参与听课,各备课组组织评课议课活动。在各备课组研讨实践的基础上,大组组织一次公开的"牛津英语教学适度拓展"的教研活动,结合具体的案例进行深度研讨。

活动设计如下：

1. 授课教师简述备课思路，教研组长呈现思考问题：

（1）拓展内容与教材的关系；

（2）拓展内容如何兼顾个别差异；

（3）拓展内容的评价方法。

（说明：面对组内教不同年级的教师个体来讲，如何在教研组知识共享活动中进行知识的再创新，有效的课堂观察是其重要前提之一。因此，先让授课者对所上课例作简要的叙述，将有助于观察者对个案的了解和评价。在课堂观察前，教研大组长先提出关于"拓展"的三个思考方向，一则缩小范围，有的放矢，有侧重点地进行研讨。二则为后面的互动答辩阶段作准备。）

2. 授课教师所在的备课组组长，围绕呈现的问题，对授课教师开课的几个拓展教学片段，进行点评。

（说明：由授课教师所在的备课组组长分别对课中的5个拓展教学片段进行简要的分析，既体现了备课组组长在组内的引领作用，又在一定程度上集中围绕探讨问题增强教师发现、感悟和转换知识的意识与机会。）

3. 其他备课组成员，围绕所呈现的问题进行研讨，并初步达成共识。

（说明：以备课组为单位，结合先前所呈现的4个问题，提出各自的想法与困惑，和授课者所在备课组进行互动答辩。答辩环节结束后，各备课组围绕所呈现的4个方面问题进行研讨，并初步达成共识。各备课组以不同色记号笔记录在海报纸上，为后面的第二次重组讨论做好准备。）

4. 打破备课组界限，进行重组，继续讨论共享，并对教学策略提出进一步假设或建议（模拟场景演示）。

（说明：重组的方式有新意，教师根据自己感兴趣的问题自由组合成新的团队，不但将自己备课组达成的共识带到了新的团队，也在新的团队中针对某一个问题做出深入思考并擦出更闪亮的思想火花。其次,由于思维的非定型化,不同教师在不同的思维模式和知识背景下,可以创造出多样化的教学环节设计,这也是知识创新的表现。重组环节中,某个小组对这节拓展课的 Post-task activity 环节提出了修改意见并即兴做了现场的微格教学片断,及时直观的检验语言输出环节的教学效果。)

设计分析:

教师的专业素养主要体现在教学过程中,课堂教学是教师隐性知识表现的主要场所,同时也是教师专业化发展的主要阵地,发展和创新隐性教学知识是教师专业化的重要任务。但是,隐性知识具有情境性,难以共享。因此,以案例共享模式出现的知识共享,同样需要经过教师共享的方式,才能在教师中传播。本案例中的课堂教学实践,同样经历了个人备课——集体商议——反复试教——正式授课——相互听评课这几个环节。教师间相互进行课堂教学观摩,记录和对教学过程进行研讨。在这个过程中,教师扮演着教学变革促进者的角色,她们接受同行反馈和指导采取新的教学方式和策略。该过程建立在个体和共同体改进的愿望之上,并且需要大家相互尊重和信任才能顺利进行。因此,尊重和信任也是进行有效知识共享和创新的重要保证。

(三)课堂再实践,掌握相关策略,形成基本共识

通过备课组课堂实践,教研大组观摩、探讨、交流、共享等活动,英语教研组对"拓展"的认识有了进一步的提升。大组活动结束,各备课组从中提炼出课堂中有效适度拓展兼顾双基的具体方法,回到组内再选择内容进行课堂实践,从而验证或进一步摸索出有效的适度拓展的课堂教学策略。经知识主管整理、归纳、提升后,成为具有规律性的教学知识,上传学校知识库,供大家借鉴运用,形成集体可共享的资源。

设计分析:

又一次利用学校知识管理平台,将在教研活动中达成的关于

"拓展"的共识上传。既保证了这些新经验能够共享,让组内教师知道新知识在哪里并在需要时可以在某一地点(知识管理平台)获得,同时也要确保新知识能够在学校内部迅速地扩散,以此来促成显性知识和隐性知识的传播与转化。

知识的发现与积累,感悟与转换,运用与创新是一个不断循环的过程,只有通过实践——反思——再实践——再反思的过程,才能不断地获得新知识,不断地追求新发展,探索新规律,积累新知识。

三、此次活动给我们的启示

通过本次基于知识共享教研模式开展的"牛津英语教学适度拓展"的系列教研活动,我们最大的收获是促进了教师个体间隐性知识的共享利用。因为学校教育中的大部分知识都是以隐性知识的方式存在着,由此而形成一个学校内在的文化底蕴,隐性知识的转化和利用的程度,是衡量知识管理成功与否的关键。如何促进隐性知识的转化和利用是非常重要的一个环节。在本次教研活动中,我们充分运用了个性化策略,即充分认识到知识的形成与个体的亲身经历,当时的环境情境密不可分,所以通过加强个体与个体之间,团队与团队之间的交流与沟通,来促进隐性知识的共享利用。

知识共享是一个彼此启发、感悟、领会,致使沉淀的过程,当人们建立了组织,系统且有规律地共享每个组织成员的知识,并集中思考它们的经验时,就形成了团队学习。团队学习是以个体学习为基础的,是个体学习的集成,但又不是简单的相加。它其实是一个团队的"系统思考"过程。因此,认识到知识积累,扩散的重要性,并得到团队成员的认同,是团队知识共享的关键。

通过本次教研,我们发现有效的校本教研,首先,教研组长应当明确校本教研的目的及教师、教研组所面临的问题。其次让我们感到,有效的教研活动要通过教师个体与个体之间,教师与教研组的交流碰撞,来促进教师的自主学习、研讨、发展的内驱力。学校的教研组,备课组是很好的交流场,是一个知识共享的交流平台。因此,可以充分利用教研组共享平台,开展以解决问题为目的的教师隐性经验的知识共享活动。通过案例分析、文献解读、课堂实践、专家报告、研讨交流等途径,以及在活动过程中设计答辩等环节,活动过程中进行人员重组等形式,引导教师开展充分的知识共享活动。

(袁　赟)

合作学习　共同成长　打造团队品牌

一、背景

我校数学教研组是由一批专业知识丰富的教师组成的,这些教师正处于专业成熟期,教学实践经验丰富。通过长年的教研文化建设,这个团队已拥有共同的愿景,即提升自己的专业化水准。老师们都意识到,虽然团队中教师个人有丰富的教学经验,但这只是个人的资源,这些隐性知识必须被提出,被交流,被吸收,被创新,这样才能提升整个团队的课堂教学能力。基于这个目的,结合二期课改中教师们遇到的实际问题,教研组尝试在知识共享平台下开展数学教研活动,使教师在活动过程中获得共享,激发创新。

二、基本程序

在学校知识共享平台上,我们的活动始终以"聚焦与定位──发现与激活──感悟与内化──运用与创新"为主线,通过共同参与教研活动,达到隐性知识显性化,显性知识被内化。

一个合适的主题是知识共享活动的有效载体。因此,我们聚焦了教师日常教学工作和交流中关注的问题,定位于急需突破的难点,制定了活动的主题──《学生课堂操作有效性的探索》。然后,根据主题,开展各种形式的学习,希望教师能在学习中发现知识,激活已有的工作经验。接着,组织全体教师间的交流互动。在前期发现与积累的基础上,利用人与人之间的深度对话,帮助教师有选择地吸收同伴的知识,深层次反思自己的教学行为。最后,让教师把自己的一些想法发表在大组组织的论坛上,把自己的一些做法在各层面的公开课上展示出来,促使教师利用学到的知识有创造性地开展教学实践。

三、展开与分析

1. 聚焦热点,定位难点

场景一

开学初,数学低年级组接到任务,要在区层面上两节公开课。一次,数学大组组织了全体教师去听两堂课的试教。听完课后,每位教师就这两堂课中教师采取的教学策略是否得当填写了反馈表。在反馈表中,教师们对这两堂课采用课前测试、课后跟踪的方法非常赞赏。但也有教师提出,在其中一堂课中,教师组织学生摆放小圆片来理解算理,意图不错,可实际效果并不理想。这个信息引起了我的注意,记得在上学期学校组织的展示课上,很多教师都采用了引导学生动手操作的教学策略,说明教师们对这一教学方法非常认可,那么对于课堂中如何组织学生有效操作,教师们有些什么想法呢? 于是,我在教研互动平台上把这节课的实录挂了上去,请全体数学教师就这节课中的操作环节进行点评。汪雯老师说:动手操作是"课标"积极倡导的一种学习方式,在周老师的课上,我们感受到了动手操作的意义,但对动手操作在课堂教学中的运用,我们还可以作深入的思考:操作在什么时候介入是最有效的? 李烨老师说,通过实际操作,使抽象的数学概念具体化、生动化,但要注重师生交流后的互动。从这些点评中我发现教师们的认识与行为基本以经验为基础,但缺乏理论支撑,更缺乏系统思考。针对这一现状,大组决定以《学生课堂操作有效性的探索》为本次知识共享的主题,用集体的力量来解决教师教学行为中的问题。

分析：

作为学校数学大组长，同时也肩负着学校知识主管的职责。在寻找每次活动的主题时，这个角色有着举足轻重的作用。他要掌握团队的专业知识背景，还要对团队中每个个体的差异情况有所了解，在与教师们的谈话中，敏感地捕捉到有用的信息，发现教师共同感到疑惑的问题，制定值得共享的活动主题。一个值得探究的主题隐含在教师群体中，需要知识主管在听课中、与教师的聊天中去挖掘，去寻找。注重日常，捕捉提炼，就能找到有价值的探究专题。

2. 发现知识，激活经验

场景二

确定主题后，各备课组组长组织老师查找资料，开展了各种形式的学习活动。有的备课组组织老师精读理论，有的备课组边学习边实践，尝试用学到的理论知识分析课堂行为。大组在此基础上，收集了各备课组的学习内容，如《浅谈小学数学课堂教学中的有效操作》、《浅谈"做数学"中的动手操作活动》等，再从网上发给每位教师，使大家能更好地跨组共享学习的内容。

在反馈分组学习的成效时，很多教师提到，理论学习比较枯燥乏味，有时一段话读了几遍还是一知半解。为了帮助教师更好的学习理论，大组决定组织一次理论文章的解读。首先，发动教师们提供适合学习的材料，通过反复筛选，我们选定学习《小学数学教学的理论与方法》一书中《几何教学研究》章节，由一位老师领读，其余教师结合自己的工作实例谈谈想法。

实录一

宋霞峰（大组长、活动主持人）：（导读文章）学生空间观念的发展是渐进的，从二维空间观念发展到三维空间观念是相当困难的……

刘烨（五年级教师）：这点我体会太深了，在五年级长方体与正方体表面积和体积这个单元中,有个别学生,不管怎么解释、画图,他都不能理解,原来这的确要求学生思维上有个质的飞跃。

侍群(三年级教师):碰到这种情况说得再多没有用,找一样能替代的物体让学生看一看,摸一摸,这比在纸上画效果好多了。

周艳(四年级教师):对,这就是刚才文章中提到的"仅靠纸上描绘的立体图形,难以使学生得到直观的空间形象,此时必须让学生动手操作"。

王晓燕(二年级教师):我们在教长方体展开图时,要求每个学生剪一剪、折一折,可是有的学生还是感到比较困难,看来对于二年级的学生,这个内容的确有难度。

……

通过学习,老师们感到收获很大,大家在大组开设的论坛上纷纷发表了自己的感想。周艳老师说:"我从理论的角度进一步理解了小学几何教学的重要性,也明晰了指导学生有效操作的必要性。"侍群老师说:"通过学习我知道了,由于小学生的思维特点,他们对几何图形的认识是通过操作、实验而获得的,因此,在教学活动中学生的实际操作活动应该贯穿在几何初步知识教学的始终。"汪雯老师说:"今天最大的收获是共享到每个老师结合实际教学后的理解和一个个教学案例,还能初步感受到小学各年级数学知识点教学的程度。"

分析:

有效的学习应是动态的学习,虽然每次学习之前都有计划,但必须根据形势、教师的需求而不断变化,否则,学习内容难免隔靴搔痒,学习效果大打折扣。只有不断计划、不断调整,才能把每位教师的聪明才智运用到学习过程中。

教育理论不是空中楼阁,它是建立在教育教学工作上的。在通读理论文章的过程中,激活了教师们原有的工作经验,大家对照理论,重新审视自己在过去教学中的成败得失,客观理性的分析自己的教学行为,并将自己的想法毫无保留地向团队开放,接受团队成员的指点评价,在这样的过程中,经验升华为知识。

3. 感悟体验,内化吸收

场景三

在学习的同时,各教研组都开展了课堂研究,教师们尝试把学到的知识内化转为课堂教学实践。五年级组的老师精心准备了《设计纸盒》一课,四年级组的老师设计了《垂线》一课,在听课、评课过程中,大家认识到操作不仅局限于学生的动手,还可以外延到学生的观察、想象、思维活动及语言提炼。但怎样的内容适合操作,操作的最佳时机是什么,在学生操作后,教师应怎样注重引导,这些问题都有待我们进一步探讨。于是,我们决定以一年级的《度量》一课为课例,进一步研讨老师们提出的困惑问题。5月下旬,我们组织了第三轮的听课评课活动。

在当天开展活动时,老师们按执教的年级不同,分成了几个小组。先由执教《度量》一课的老师简单介绍设计意图。由于执教年级不同,有些老师提出,自己对教材编排或学生的情况不熟悉。这堂课是低年级教研组共同研究的成果。因此,我们进行第一次分组,请低年级教师到另外三组中,向大家介绍一些备课时的具体情况,其余的老师可以就自己感兴趣的问题询问低年级组的老师。接着,我们借鉴了前几次共享活动的经验,为了让每个老师都能充分发表自己的意见,并根据当天研讨的专题进行了第二次分组,教师们可以选择自己感兴趣的话题与同伴们一起深入讨论。最后,大家聚在一起,就专题进行了深层次的对话。

分析:

课堂实践不仅是学习成果的展示,更多的是用新学到的知识对过去经验的学习与剖析。借助一堂堂实践课,教师们充分交流对话,深入分析,参与的教师知无不言,言无不尽,大家都愿意把自己的隐性知识贡献出来与别人共享,也希望从别人那里得到自己想要的知识。个人的知识经过组织的提炼成为了团队的知识,上升为可以指导今后工作的一般理论和规律。"知识真正成为对他人有帮助的知识。"

4. 运用知识,创新发展

当天的争论非常热烈,在思维的碰撞中,老师们亮出了一些观点,提出了一些假设。大组把这些观点稍加整理后,从网上发给了每一位教师,希望大家在课堂实践中去验证这些观点是否可行。在学期末的备课交流时,数学大组以学生《课堂操作有效性的探索》为主题开展了备课共享活动,有的老师介绍了自己在课堂上组织学生有效操作的成功课例,有的老师谈到了在实践教学中感悟到教师的语言表述在操作活动中起着举足轻重的作用,还有的教师对这个研究产生了浓厚的兴趣,个人开展了小课题《"做中学"在小学数学学习中的实践》的研究。

四、反思

在这次知识共享活动中,有以下几方面值得反思。

1. 合适的主题是知识共享的载体

知识共享活动是教师群体为解决教学实际问题,利用集体智慧取长补短的一种合作成长的有效途径。因此,共享的主题必须是教师群体中普遍感到困惑的、亟待解决的问题。如何发现这些隐藏在教师群体中的见解与想法呢?必须充分发掘教师已经存在的、有价值的经验和想法,了解教师知识,能力的边界。本次共享活动在制定主题前,大组要求教师针对一堂课的操作环节进行评课,在互动的过程中,组织者了解了教师原有的认知水准与知识经验,找到了教师知识,能力与需要完成的任务之间的差距,辨清这些差距的方向,就能制定出切合教师实际的主题。这样的主题来自于教师,能激发起教师渴望探讨的内驱力,是开展有效知识共享的一个载体。

2. 有效的学习是知识共享的基础

学习是提高教师理论素养的有效途径,也是知识共享活动成功展开的前提与保证。在学习过程中,为了提高学习效益,知识的流动与碰撞显得尤为重要。我校地处于两个校区,教师长期处于一个固定的小圈子,交流对象有限,隐性知识交流非常困难。为了解决这一难题,大组创建了学习平台,便于教师平等地传播和反馈知识,形成开放型、学习型、成长型知识共享机制。

首先,大组在网上建立了虚拟平台,各备课组开展学习时,大组利用网络收集整理各小组的学习资料,再反馈给每位教师,使教师们不仅参与自己小组的学习,还能共享其他小组的学习资源。当小组学习告一段落时,大组开设"网上论坛",从而了解教师学习后的体会,及时发现问题,调整学习内容。通过网上的学习平台,拉近人与人的距离,它不需要固定的时间和地点,教师有感就能发表,因为没有面对面,氛围比较宽松,教师可以自由的说出自己的一些想法。

其次,大组创新了传统教研活动的形式,建立了面对面的学习交流平台。当教师个人学习一些晦涩难懂的理论知识感到有困难时,就需要借助集体的力量来完成。在本次知识共享中,我们把理论学习融入具体的教学情境中,在通读理论文章时,借助活生生的课例,激发教师原有的工作经验,教师对照理论,反思实践。通过这次实践经验上的理论学习,把枯燥的语言内化为教师们的切身体验。

3. 合理的分组是知识共享的形式

带着任务驱动进行分组是开展知识共享的有效形式。我们数学大组人数比较多,以往活动时,有时由于时间紧凑,有些教师往往在讨论过程中没有发言机会;有时,教师会就自己感兴趣的话题自然而然分成几个小组,针对这种情况,我们发现,围坐在一起的对话方式过于单一,不能满足教师的表达需求,只有合理分组才能解决这个问题。

本次共享活动中的两次分组有着截然不同的目的。第一次分组是为了让不同教学背景下的教师能就教学中的一些细节问题进行沟通，使后续的讨论中，教师发表的见解能更客观、更公正，更具操作性。第二次分组是因话题不同而区分的，这样的分组，类似于因完成某项任务集合起来的项目团队，这个团队中的成员来自于不同的教研组，却有着共同的话题。组织者为教师提供了一个隐性知识共享的环境，在小组内，大家针对同一话题，依托不同的教学经验与背景去对话，去交流，在倾听中思考，在叙述中反思。教师通过对话和讨论，激发了新的观点。大组组织集体讨论时，将这些信息储存在一次，并引导每位教师从不同的角度进行审视，最后将不同的见解统一起来，形成集体的智慧。

4. 团队的合作是知识共享的保障

在长期合作中，我们的团队已建立起共同的愿景，即提升自己的专业素养。由于有了共同的信念，因此，当共享活动的主题有利于教师专业知识成长的需求，就会得到教师认可，教师就会积极参与，形成学习型团队。其次，在本文开头已提到，我们的团队成员专业背景能力相当，当教师在提出自己的隐性知识时，团队成员会得到别人的帮助，这样的共享具有对称性和回应性。但共享不等于贡献，当付出与回馈成正比时，也就是共享文化形成时。作为活动组织者，多创设些共同备课，相互对话的机会，就能让团队中老师之间变竞争关系为合作关系。在这种文化中，每位教师愿意将本身深隐性的知识提出，并加以互相讨论或交换。这样，教师的专业成长会有更大的发展空间。

（宋霞峰）

展示自我　有效共享　共同提高

本学期我们音乐组以"展示自我，有效共享，共同提高"为指导思想,以校级课题《让知识技能与音乐实践活动有机相融的研究》为引领,开展了富有成效的知识共享活动,有效地提升了我组的教研质量。

一、活动背景

1. 抓住机遇,促进提高

我们高一小学是上海市艺术特色学校,合唱项目一直是我们的特色项目,学校的"布谷鸟"合唱团连年获徐汇区学校合唱比赛一等奖,今年更是获得第二届全国中小学生艺术展演小学组一等奖且位居第一名的好成绩。基于学校取得的荣誉,上海市艺教委将在我校举行"上海市音乐教学现场研讨会暨班队、校队合唱展示汇报"。在深感压力之余,我们感到这也是一次机遇,我们可以以此为契机,将学校的班队合唱教学水平推向一个新的高度,让班班的歌声嘹亮而动听。

2. 分析现状,聚焦问题

近年来的音乐课堂,在落实三维目标方面有忽视"知识与技能"学习的倾向。事实上,音乐本体性的基础知识和基本技能本身其实也是审美活动的一部分,是一切审美活动的基础。没有知识技能的支撑,音乐审美活动也是无源之水,无本之木。我们音乐教研组各位老师对照自己的教学,发现同样存在着这样的问题。因此,我们决定加以改进,加强学生"唱"的研究,因为唱歌教学在小学音乐教育中可谓是很重要的一笔,对小学生音乐素质的培养,起着举足轻重的作用。

3. 利用资源,共享经验

教师是学校第一资源。我们音乐教研组由四位中年教师,二位青年教师组成。老师们各有特长,有会唱京戏的陈恩佩老师,有获得上海市音乐教师技能奖的毛彦馨老师,还有指导学生荣获上海市学生戏剧表演一等奖范丽洁老师,第二届全国中小学生艺术展演获合唱指导优秀奖的仲静佳、於薇莉老师。这些教师正处于专业成熟期，教学实践经验丰富，可以说这是一支专业知识丰富的团队。在不断的学习与实践中，尤其在童声合唱上我们音乐组的老师逐渐形成了各自独特的教学方式，积累了许多扎实有效的方法，如果这些隐性知识能够在组内被提炼、被交流，被吸收，被创新，需要探寻一条资源整合、优势互补的路子。

鉴于上述背景的聚焦，我们决定以课题的方式进行探索，申请了校级课题《让知识技能与音乐实践活动有机相融的研究》。

二、活动过程

1. 学习课标，领会精神

我们教研组多次组织教师围绕课题学习《课标》，体会精神，把握方向。《课标》中明确指出：教师要通过各种有效的途径和方式引导学生走进音乐，在亲身参与音乐活动的过程中喜爱音乐，掌握音乐基本知识和初步技能……《课标》还指出：演唱歌曲是中小学音乐教学的基本内容，也是学生最易于接受和乐于参与的表现形式。歌唱技能的练习应结合演唱实践活动进行。创设与歌曲表现内容相适应的教学情景，激发学生富有情感地歌唱，以情带声，声情并茂。要重视和加强合唱教学，使学生感受多声部音乐的丰富表现力，尽早建立与他人合作演唱的经验，培养群体意识及协调、合作能力。注意调动每一个学生参与的积极性，培养演唱的自信心，使他们在歌唱表现中享受到美的愉悦，受到美的熏陶。有了课标的引领，让我们进一步明确了行动的方向。

2. 交流经验，相互启发

在研读《课标》的基础上，利用一次教研活动时间，我们开展了以下活动内容：

（1）一起观看著名童声合唱专家林振地老师合唱教学录像；

（2）每位老师交流唱歌教学方面的感悟和经验；

138

（3）根据《课标》和学生实际，制定不同年级段的唱歌教学目标。

教研片段实录：

主持人张美娟：

大家都明白唱歌具有很强的技术性，关键要有一套循序渐进、合乎科学原理的训练，并持之以恒地坚持，才会让我们的孩子学会唱歌。刚才我们看了林振地老师的合唱教学录像，请大家根据自己的教学情况以及学生的实际，交流一下自己看后的感悟以及自己的教学体会。

（以下是各位老师发言）

仲静佳老师：

近年来，通过参加童声合唱培训，我觉得可以从以下几个方面训练童声：姿势、口形、呼吸、发声、音准、音色、音量。

从录像看，林老师运用得比较多的是：以对比的手法增强歌曲的表现力。音色对比、唱法对比、形式对比等，有些我们也常用，如"情绪对比"、"速度对比"、"音量对比"等等，这些都挺有效的。

张美娟老师：

我们可以从听入手，让学生学会倾听学会辨别声音的美，学会控制，用自然通畅的声音演唱歌曲。

陈恩佩老师：

刚进校的一、二年级学生在歌唱中虽然存在大声叫唱、声音不统一，歌唱音乐性差等问题，但是他们学习音乐的积极性高，因此教师教学目标的制定要把握好这一年龄段学生的生理、心理特点。

於薇莉老师：

针对小学生对歌唱中技能技巧的基本练习兴趣不高的现象，可以将发声练习改为生动有趣的小儿歌，可以模仿动物，小鸟的鸣叫声或火车的鸣笛声等，还可以让学生以轻声高位置的朗诵来体会歌曲演唱时的头声位置。

范丽洁：

从一年级开始老师要注意培养学生歌唱的口型像"竖着的鸡蛋"，让学生养成良好的唱歌习惯。

毛彦馨：

我们可以收集一些趣味性的练声曲，供大家课堂上使用。

……

大家你一言我一语，在不知不觉中，我们交流了各自指导学生唱歌的注意事项和方法，并对有些内容进行了归纳、整理和提升，最后制定了各年级段相应的教学目标。

总 目 标	各年级段目标
1. 通过灵活多样的音乐实践活动，使不同年级段的学生在感受、体验、表现、积累美感的基础上，逐步养成"气息畅通、有发声位置"的歌唱习惯。 2. 让学生在轻松、愉快的氛围中学会掌握音乐知识及技能，歌声优美、动听而富有感染力。	1—2年级：在游戏、模仿、表演等音乐活动中培养学生良好的歌唱习惯，能用自然的声音演唱并表现歌曲，歌声整齐统一，并会听辨两声部歌曲，学习简单的两声部练声曲。 3—4年级：通过欣赏、演唱等活动发展学生的歌唱能力（歌唱习惯、扩宽音域等），学习轮唱及简单的两声部合唱，感受和体验和声的音响效果，歌声基本做到和谐统一。 5年级：通过音乐实践活动，学生能有感情地演唱歌曲，基本形成良好的歌唱习惯，会演唱两声部作品，歌声和谐统一，优美流畅、富有感染力。

3. 现场诊断，共享经验

纸上谈来终觉浅。我们教研组知识分享活动下一阶段安排，便是人人上一节课题研究课，围绕教学目标和课题研究方向，互相观摩课堂教学，共享他人的隐性经验。

张美娟老师上了一课《游戏乐》。在这堂课中，认知"二分音符"、"四分音符"、"四分休止符"、"八分音符"是一年级重要知识点。

老师通过练声曲《叫声》、《什么动物在唱歌》，歌曲《玩具进行曲》的教学，在表演、朗读、竞赛、唱歌、游戏等形式中帮助学生复习巩固表现不同音符的时值，指导学生把握唱歌的方法，激发学生用神气欢快的情绪演唱歌曲，掌握相关的音乐知识与技能。

教师的设计如下：

教学内容	相关的教学活动	活动点评
练声曲《叫声》1＝C—F	1．一位学生领唱，众学生合。（模仿小黄莺、小花猫、小狗、小青蛙叫声，老师指导学生练习发声的口形，学习有位置的歌唱方法。） 2．师生合作，学生边唱边表演。（老师领唱，学生与同伴合作动作表演；然后学生齐唱，摆好造型动作，着重唱准曲调）	学习歌曲之前，进行简短的发声练习，是培养学生运用自然良好的嗓音进行发声的重要途径，也是唱好歌的前提。低年级学生喜爱小动物，让学生置身于和各种小动物一起歌唱、游戏的情境之中，从而激发兴趣。通过活动引导学生模仿动物叫声，对学生进行音准练习，把握唱歌的方法，将技能训练和情感表现相结合。
二声部练声曲《什么动物在唱歌》	1．老师问：如："小朋友听一听什么动物在唱歌？5　5　5｜3　3　3｜嘎嘎　嘎　嘎嘎　嘎学生答：×—｜5　1　1｜3　5　5｜哦！我知道，我知道，6.5｜3　5｜2　5｜1—｜这是小鸭在唱歌。 2．学生分成甲乙二组。甲唱：5　5　5　嘎嘎　嘎乙唱：3　3　3　嘎嘎　嘎甲乙合：5　5　5　3　3　3　嘎嘎　嘎（二组竞赛，唱得好的小组得一颗星，激励学生在自己的声部努力唱准每个音的音高。）	以问答式的练声曲开始起步，指导学生初步学习简单的二声部练声曲，体验和声效果的美感。二声部的学习有难度，以竞赛活动的方式激励学生融入集体的声音中，培养了学生的合作意识。

教学内容	相关的教学活动	活动点评
学唱歌曲《玩具进行曲》	1. 出示歌谱，朗读歌词。 (1) 老师按节奏示范朗读，请一位学生用乐器按四分音符为老师的朗读配上节奏。 (2) 老师用小乐器响板按四分音符的时值配上节奏，要求学生按节奏朗读歌词，准确表现四分音符、四分休止符、八分音符时值。 (3) 在分组练习的基础上全班学生练习。 2. 学唱歌曲，唱准歌曲曲调。 (1) 师生接唱歌曲。 (2) 学生齐唱。 (3) 排着整齐的队伍模仿玩具兵神气地边唱边表演。 (4) 全班齐唱，结尾加入二声部。 甲组学生扮演小猫，乙组学生扮演小狗模仿吹喇叭 小狗：5 5 5 　　　达 达 达 小猫：1 1 1 　　　达 达 达 小狗小猫合： 　　5 5 5 5 ｜5— ｜ 　　1 1 1 1 ｜1— ｜ 　　达达达达　　达 3. 表演唱。 挑选三个玩具兵将军示范神气欢快地歌唱，然后邀请其他玩具兵跟着将军边唱边表演。	这一环节，老师创设一种愉悦、合作的学习氛围，师生互动、生生互动，使学生在这种积极情感驱使下，很快产生投入音乐活动的热情，将歌词学习和节奏训练融合在一起，把音乐与身体的感应结合起来，这样的教学设计突出了趣味性、游戏性、实践性。让学生在形象生动的情景中感受体验到了音乐美妙、乐趣，在歌唱中得到音乐美的熏陶，从而逐步提高音乐审美的能力。

在张老师的课堂教学获得成功的基础上，组室其他老师也纷纷进行了课堂实践：

范丽洁老师上了五年级的二声部歌曲《红蜻蜓》；

於薇莉老师上了四年级的歌曲《行进到普勒多利亚》；

陈恩佩老师上了二年级的歌曲《洋娃娃和小熊跳舞》；

毛彦馨老师上了一年级的歌曲《摇篮》；

仲静佳老师上了三年级轮唱歌曲《黄昏》。

一人上课，多人观摩。每一次听课结束后，大家都围坐在一起。交流自己的观课感悟，并提出改进建议。彼此之间的交流有效地促进学习共同体内每一位教师的课堂教学经验的共享，教师们乐此不疲。

4. 总结提升，深入实践

在学习加实践的基础上，我们教研组的每一位老师写了自己的研究心得。如《低年级学生唱歌兴趣及习惯培养》、《我教学生如何把歌声变得更优美》、《运用心理学规律，优化小学合唱教学》、《从"位置"入手训练学生发声》等。老师们有的从科学发声方面阐述了自己的教学经验，有的交流了唱歌教学中存在的问题及问题解决的方法，又有的归纳总结了在合唱排练方面的经验。大家互相交流，在研讨与实践中，统一了认识，从而避免老师们在教学中走弯路，老师的教"唱"的能力有了提升。

年轻的毛老师在一次知识共享活动中这样说道：

原先我在指导学生唱歌方面实践经验甚少，通过学习与交流让我学到了许多，明白了教学中应该如何去操作。陈老师、张老师长期从事低年级音乐教学，常常设计丰富多彩的游戏等活动引导孩子们动中唱，玩中唱，乐中唱，激发他们学唱歌曲的兴趣；范老师以自己热情、风趣、诙谐的语言，帮助学生理解歌曲的意境，激活学生的情感，让学生仿佛身临其境来表现歌曲；仲老师、於老师在指导学生合唱中积累了许多行之有效的方法，每一次倾听他们的交流都给我启发……

通过充分发挥教研组共享平台的作用，引导教师积极投入知识共享活动，我们深感我们组内教师的专业知识、专业能力在不断提升，我们所教的每班学生的歌唱水平也在提升。令人可喜的是本学期五 2 中队在徐汇区班队合唱比赛中又创佳绩,获得一等奖并名列第一名的好成绩。我们彼此共享成功给我们带来的快乐。我们工作着、学习着、享受着……

(张美娟)

共同参与　彼此共享

一、活动背景

我校体育组由 6 位老中青教师组成,教师平均年龄 32 岁,是一支充满活力的团队。组长孙沪云老师已有 30 多年教龄,教学实践经验丰富。曹旻辉老师和陆顺芳老师教龄都在 10 年以上,正处于专业成熟期。蔡建军、郝文轶和方兰老师都是刚参加工作 3 年以内的年轻教师。

这两年,在学校知识管理理念下,我们充分利用教研组共享平台,开展基于问题解决的知识共享活动。通过教师间交流互动,合作共享,挖掘老教师隐性知识,捕捉教师间点滴的教学火花,从而提升组内教师的专业水平。

本学期开学,以徐汇区为工作 3 年内的年轻教师搭建教学展示平台为契机,根据要求,我们推荐组内任教一、二年级的郝文轶和方兰两位参加 3 年内教师公开教学展示这项任务。经过两位老师的酝酿,最后确定公开课教学内容为《投掷》。

二、活动过程

1. 定位与聚焦

"低年级孩子学习投掷,作为教师如何根据孩子年龄特点设计适合学生的学习方法?""教师教低年级学生投掷时要注意什么?"公开课内容一明确,上述问题便浮面而出,这对两位从没教过该年级的青年教师是一种考验，也是组内教师聚焦课堂，相互学习和研究，不断提升的过程。于是，我们围绕公开课教学内容，明确研究的主题《在低年龄段开展投掷教学的方法研究》。

2. 学习与发现

公开课研究主题一明确，教研组长对每位教师提出了要求，希望每位教师能认真学习有关投掷教学方面的理论文章和经验介绍，并能联系自己的教学实际进行思考。

经过大家一个多星期的网上寻找资料，信息检索，以及对一些相关理论的研读，我们在组内进行了一次汇总交流。在交流中，根据上课教材，结合区教研员谢老师的指导和自己的教学经验，大家积极畅谈在投掷教学中的教学经验。在老师们你一言我一语的交流后，大家为两位青年教师总结出低年段学生投掷特点及注意事项，以供两位教师参考。

《投掷》一课教学特点：

（1）一、二年级的投掷教材，要求学生学的都是最简单最基本的投掷动作。

（2）主要使学生初步学会用自然挥臂的投掷方法将投掷物迅速投向指定的方向。

（3）提倡左右手同时参与。

（4）低年级以持轻物投准为主。

教学注意事项：

（1）要注意加强安全教育，采取安全措施。

（2）场地布置，队伍调动合理性。

（3）练习前的热身运动，特别肩带部分活动加强。

（4）提倡小组自主练习，让学生体验感悟学习方法。

在此基础上，我们充分发挥组室的集体智慧，整理归纳出低年级投掷教学的单元教学计划，希望两位青年教师在把握单元整体教学的基础上，设计该课时的教学方案。

课次	教学目标	教学重点	教与学
1	学会持轻物向各种方向抛、投。培养学生的学习兴趣和合作创新意识。	不同的挥臂方法	1. 用海绵球、毽子、三毛球等轻物进行抛投练习。 2. 比一比,看谁投得远。
2	学会持轻物用肩上挥臂的方法向前投掷。培养学生相互协作的品质。	快速挥臂	1. 用海绵球进行投掷练习。 2. 带着"怎样扔,海绵球会扔得很远?"这个问题进行投掷游戏。 3. 交流海绵球投掷的体验。
3	学会将轻物投掷过一定高度的方法。培养学生互相关心相互帮助的好品质。	向前上方出手	1. 采用不同距离的方法,投过一定高度的物体。 2. 学生自由结伴互助练习,提高投掷能力。 3. 比一比,看谁投得远。
4	初步学会持轻物掷远的方法,发展学生的投掷能力。培养学生团结互助、勇于克服困难,积极锻炼的良好品质。	自然挥臂	1. 学生自由结伴确立不同的目标进行投掷练习。 2. 比一比,赛一赛,看谁本领大。

3. 感悟和内化

通过前几次教研活动,组长孙沪云老师组织组内老师学习与交流,为青年教师的公开课提供了宝贵的建议。在此基础上,我们深入课堂,开展投掷教学的实践研究,从而帮助组内老师掌握低年段教学方法,也促进执教教师进一步感悟和内化。

我们请两位青年教师进行试教,并邀请了区教研员谢老师一起参与听课活动,进一步以课为案例,开展教师与教师、教师与专家之间的交流互动,这是一个共同参与、共同提高的过程。希望在前期发现与积累的基础上,通过课堂实践,引导教师深层次反思自己的教学行为,从而进一步发现和提升学生有效学习方法。

试教结束,我们和教研员一起,对课进行了点评。有的老师对执教教师创设投掷情境的环节给予好评,有的老师对老师的提问设计调动了学生投掷的积极性予以称赞。当然,也有老师指出了教学中的不足。整个教研场面气氛热烈,这是老师们彼此之间经验的碰撞,是专家知识和教师知识的碰撞。在碰撞中,老师们的专业知识在流动,在共享,老师的隐性知识在显性,并得以归纳和提升。最后在认识和理解的基础上,大家对课的设计进行了调整:

原先的设计	调整后的设计	调整说明
1. 教师示范讲解投准的要领。	1. 学生自由结伴寻找目标进行投准比赛。	提高学生的兴趣,让学生能积极主动地投入到投掷的教学中。
2. 学生自己寻找投准目标进行练习。	2. 教师设疑:怎样掷会很准?	带着问题去练习,在实践中找到答案,既培养动手实践能力,又培养了学生的独立思考能力和解题能力。
3. 教师巡视指导。	3. 学生带着问题积极练习。教师在巡视中释疑,并示范。	课堂中学生是主体,而教师起到了一个引导作用。
4. 比一比,看谁投得准。要求:投向指定方向	4. 比一比哪一组学生投得准。重点:自然挥臂难点:投向指定方向	从单个学生的比赛到分小组的团体赛的设计,让学生从小适应将来的社会是个合作的社会环境。

由此我们感到在低年级投掷教学中,教师的课堂把握,必须关注以下几个方面:

(1) 兴趣的培养。

(2) 动作技术的渗透。

(3) 团队合作等社会适应能力的培养。

5 月中旬,在学习研究的基础上,体育组两位青年老师对全区体育教师展示了教学研究成果。听课后,各校教师都对我们的课和研究成果给予了好评。由此我们深深地感到教研组是教师专业成长的后方,通过教研共享平台的搭建,开展有效的教研组知识共享活动,丰富的共享内容,可以帮助组内每位老师专业的提升。此次活动,两位青年老师体会很深,他们不仅掌握了有关课堂教学的方法和手段,更是感悟到在课堂教学中,教学方法是千变万化的,贵在得法。因此,在工作中要多观察和学习,吸取老教师的教学经验,不断积淀自己的专业知识。而其他教师虽不承担公开教学任务,但在参与研究的过程中,也进一步梳理了自己已有的教学经验,也对新课程理念下的课堂教学有了进一步的认识和把握。

4. 运用和创新

两位教师的教学展示任务完成了,但我们的研究没有结束,我们的教研还得继续深入。如果说,先前一轮的研究主要对象是低年级。接着,我们把目光放在高年级学生身上。因为孩子的年龄段不一样,教师的教学方法得改变。我们鼓励高年级老师将在参与低年级过程中研究的心得,在自己的课堂教学实践中去运用和深化,组内任教五年级学生的曹闵辉老师展示了一堂课——《投掷:前抛实心球》,将他的研究成果展示出来。

根据高年级学生的生理和心理特点,曹老师设计了这样的教学环节:

在投掷教材的教学中,曹老师用篮球代替实心球,确保教学中学生的安全。然后根据学生能力,引导他们自主选择前抛实心球的场地,这种教学设计,不仅激发了学生的自信心和主动性,也使学生积极地投入到学习锻炼中。在练习中,曹老师适时的提问,启发性的语言和直观的演示,使学生清楚地知道前抛实心球的动作要领。投掷比赛的设计,使学生巩固了对知识点的掌握。整堂课,学生在快乐的氛围中,快乐的学习健身的本领。

在综合活动传递球的练习中,曹老师要求:"传球时脚不能动,比一比哪组队员想出的方法多。"立刻将学生带入合作互助的教学情景中,使学生在情趣盎然的氛围中充分展示自己的思维与个性。接着一个传递球的比赛更是提高了学生的练习积极性。课中学生尽情地玩耍,纵情地欢笑,在笑声中身心得到了锻炼,在笑声中获知团结力量大的道理……

三、活动感悟

教研组为教师的教学个性的形成,专业化成长提供了一个研究、展示、交流、共享的平台。在这个平台上,我们体育教研组开展了"定位与聚焦、学习与发现、感悟与内化,运用与创新"这四个环节的教研来最大限度的促进教师认知活动及其知识内化的发生,促进了教师隐性知识的显性和传播,我们感到收获很大。

（陆顺芳）

有效共享　共同提高

一、活动背景

小学自然学科课标指出:自然课是一门指导学生积极探索周围的环境,初步认识世界,进行生活和科学启蒙的综合课程。在自然课中开展探究性学习活动意义深远。但是教师如何在课堂教学中组织探究学习活动? 如何针对不同主题下的探究学习活动,提出相应的学习指导模式? 成了我们自然学科老师亟待解决的问题,于是自然教研组把"小学自然学科学生探究学习指导模式的研究"作为本学期教研专题。

二、活动过程与分析

我们围绕研究专题,在教研组开展了知识共享活动。经历了以

下几个阶段:

1. 学习发现,激活经验

我们先后在组室内围绕专题开展了多次学习活动,要求组室的每一位教师积极学习,搜索相关的文案,寻找、归纳同行相关的做法。

我们学习了《重建课堂教学过程观》,知道教学过程中师生的内在关系是教学过程创造主体之间的交往(对话、合作、沟通)关系,这种关系是在教学过程的动态生成中得以展开和实现的,"多向互动、动态生成"是教学过程的内在展开逻辑。我们还组织教师学习《全程动态教学模式》一文。通过研读,我们知道了"全程动态式"小学课堂教学的一般运行模式可以成型为:呈现动态活动要素——创设全动教学环境——组织全程动态活动——贯穿主体活动评价——反馈学生活动信息——延伸课堂教学活动。学生在动脑、动情、动眼、动耳、动口、动手的全程动态教学模式中,达到"智动"与"情动"的统一。

在学习中发现,在发现中感悟,我们有很多心得,利用一次教研组活动时间,组织了一次组内老师结合自己教学经验的交流畅谈各年级课堂探究活动指导的心得。

杨钟岚:探究活动的指导要根据教材内容的难易来确定。当学生们对探究活动一筹莫展的时候进行精心地指导,当学生们能对活动实施自主的探究时,放手让他们积极实践,以迅速提升学生探究能力。

杨捷:中高年级的孩子有一定的动手和探究能力。因此在指导探究活动时,不需要手把手教。老师要学会"放",给孩子一定的探究空间。

董伟:在指导低年级探究活动时,教师应注意把知识融入学生生活经验之中,学生从不自觉到自觉地投入到教学活动、从被动到主动参与探究活动。

……

在学习研讨交流共享的基础上,针对不同学习主题的探究,我们提出相适应的探究学习指导模式。

学习主题	探究学习指导模式	一 般 过 程
探究事物特质	发现研讨式	提供材料—活动界定—探索发现—活动交流—质疑评价—拓展应用
探究现象特质	发现研讨式	现象观察—现象描述—现象解释—检验解释—得出结论—拓展应用
探究科学概念	概念获得式	提供个例—个例学习—多例比较—寻求共性—获得概念—概念应用
控制变化条件	问题解决式	提出问题—变量分析—实验设计—控制实验—获得结论—结论应用
发展科学情意	情意体验式	创设情境—亲历体验—自我感悟—交流反思—形成观念—发展行为
掌握技能方法	技能习得式	活动定向—尝试操作—讲解示范—掌握要领—练习协调—实际应用

2. 聚焦课堂、感悟内化

得来的知识还得在实践中验证。4月中旬我校接到市级研究课的任务,课题为《太阳系》和《人类信息传递方式》。我们感到这是一个很好的实践机会,可以将学习到的知识运用到实践中去验证,从而真正帮助组室的老师掌握指导学生开展探究活动的能力。

场景一:集体备课,共同研究。

于是,我们以这两堂公开课为抓手,开展了集体的备课活动。在这次教研活动中,我们每位老师畅所欲言,积极进行思维的碰撞。

有的老师认为《太阳系》这课较适应"发现研讨式"学习指导模式,让孩子通过书籍、网络等资料来认识太阳系的行星。而《人类信息传递方式》是否可以给孩子设定"情意体验式"学习指导方式,通过游戏"传纸条"、"破译密码"等活动让学生自己感悟人类信息传递的发展与科技的发展有着密切的关系。

也有老师提出《太阳系》认识八大行星的大小与位置是这课的重点。用"发现研讨式"学习指导模式,对行星的大小与位置的认识不够直观,是否可在这部分内容教学时,运用"问题解决式"学习指导模式? 让学生在提出问题—变量分析—实验设计—控制实验—获得结论—结论应用的过程中更直观的认识行星的大小及位置。

通过集体讨论备课,这两堂课的教学设计如下:

《太阳系》这堂课的教学设计分成两部分,第一部分认识太阳系八大行星的大小与位置,采用"问题解决式"学习指导模式;第二部分制作八大行星资料卡,采用"发现研讨式"学习指导模式。

《人类信息传递方式》课的设计以"情意体验式"学习指导方式贯穿整个教学过程,通过游戏"传纸条"、"抓电磁波"、"破译密码"等活动让学生感悟人类信息传递的发展与科技的发展有着密切的关系。

这次教研活动,我们感到收获很大。我们感到每个教师都是教研活动的主体,每个教师都有自己的优势、特长,让每个人都能平等地在教研活动时间发表自己的意见,阐述自己的观点,充分发挥每位教师的积极性、主动性,从而开阔了思路,引发大家思考,寻求更多更好的教学策略。集体思维的碰撞让我们在理论学习的基础上彼此又得到一次组内教师显性经验和隐性经验的共享。

场景二:试教反思、聚焦问题。

根据老师们集体备课的思路,我们分别举行了两堂课的听课活动。同时,请来了区教研员张国庆老师,一起参与教研,并一起点评。通过点评,组内老师对这两堂课上指导学生探究学习,采用"问题解决式"、"情意体验式"、"发现研讨式"这三种模式有了更清晰的认识。

(1)"问题解决式"学习指导模式,课堂上老师要引导学生从疑惑中引出问题,通过实验解决问题、解答疑惑。教师在课堂教学中应根据实际情况进行调整实验方案。但实验过程的设定,教师要给学生有探究的空间,不要指导太细。让学生通过讨论,自己拟定实验方案,根据方案自行完成实验。也许整个过程,不一定非常顺利,但对学生来说是一次很好体验探究的过程。

（2）教师创设"情意体验式"教学氛围对完成教学任务有至关重要的作用。"情意体验式"学习指导方式就是在情景中引导学生体验、感悟、反思、形成观念的过程。教师要在教学过程中给学生提供多次体验的机会。让学生通过一系列体验活动完成教学目标。

（3）"发现研讨式"学习指导模式,需要教师先确立探究活动的目标。学生根据一定的探究目标,以自主、合作、探究的方式,多角度地对某种事物的自然特性进行观察、研究,并在教师的协助下开展相应的交流、研讨等活动,使学生逐渐对事物基本特性达成共识的科学活动过程。

同伴互助,专家引领,在教研组平台上,我们的氛围是友好的,讨论是热烈的,组室的教师知无不言,言无不尽,大家都愿意把自己的隐性知识贡献出来与别人共享,也希望从别人那里得到自己想要的知识。尤其是教研员的参与,当我们老师们某些问题争论不休时,他的发言常使人有拨开浓雾见阳光的感觉,专家知识在流动中内化为教师个人的理解与感悟。

场景三:公开教学,提升认识。

5月,我们在多次研讨的基础上,对全市自然教师公开了我们的课堂教学,在听课后,各位教师都对两堂课做了客观评价,以下是开课后评课实录。

点评一:

《太阳系》这一课教学,杨老师选择了视频资料、flash、整理资料等方法,将有关知识传授,转变为学生能接受的方式。这样的活动设计体现"发现研讨式"学习指导模式。学生在整个学习过程中呈现的是主动地、自觉地探究知识的过程。

点评二：

《太阳系》这堂课的设计运用了"问题解决式"和"发现研讨式"学习指导模式，让学生根据不同指导模式完成学习任务。学生在活动中能自主地提出问题、说出解决问题的方法，课堂气氛活跃。

点评三：

《人类信息传递方式》这堂课主要让学生了解人类信息传递方式，教学中老师设计了让学生"破译密码"这项活动，为学生体验创设了情境。通过让学生设计一份密码本，让每个学生体验破译的乐趣。这样就能给每个学生提供体验信息传递的过程。

《人类信息传递方式》中"破译密码"环节充分调动每个学生的学习兴趣，牢牢抓住学生的心理。通过"情意体验式"学习指导方式帮助学生理解信息传递的过程。

除了兄弟学校听课老师的点评，其他区的教研员也积极点评。

点评一：

这两堂课教学都是很成功的。《太阳系》运用了"问题解决式"的学习指导模式，模拟"八大行星的大小"，解决课的重点和难点。杨老师能根据孩子的认知，调整了课本的要求。但在实验的变量分析时，要注意运用孩子已有知识能力（数学比例关系）。学科的整合对孩子学习有很大的帮助。在这堂课中，学生经历了探索的整个过程，这就不是单纯的模仿，而是在教会学生一种思考方法。教师在教学中还应要仔细地挖掘教材，比如如何让孩子更直观的了解八大行星的大小，有待考虑。

点评二：

《人类信息传递方式》以"情意体验式"学习指导方式贯穿整个课堂教学活动。教师组织学生参与一个个的游戏活动，让他们体验信息发展的过程，同时通过反思游戏失利原因，引出信息传递发展离不开科技技术的发展。课堂中学生体验——思考——反馈的过程是一个他们自己构建知识的过程。教师在教学设计时，如何利用好现有教材,挖掘、整合教材内容? 这是有待每个教师思考的。

《人类信息传递方式》这课运用"情意体验式"学习指导方式,教师在整堂课牢牢抓住了一条主线:"呈现"——"找不足"——"发展"——"创新"。通过情意体验式活动让孩子自己总结出科技的进步促使人类信息传递方式的改变和进步。课堂的指导方式较为成功。

在区与区之间,校与校之间的评课信息中,我们全体组员深感到:在课堂教学中,课堂探究学习的指导不应该强求惟一(一课一方式)。重要的是我们以怎样的形式、手段、方法,来加以组织探究指导,吸引我们的学生投入更多的兴趣与激情,参与到学习活动中来。

3. 实践运用,尝试创新

通过这一轮的学习讨论、实践交流,我们组室老师对"如何在课堂教学中组织探究学习活动",如何针对不同主题下的探究学习活动,给出相应的学习指导模式",有了清晰地认识。按原定教研计划,在下个阶段,我们每位组室老师纷纷在自己的课内进行再实践。如果说,先前一轮的研究主要对象是高年级,接着,我们将研究的认识尝试于在低年级中进行。如何在低年级教学中选择适合低年级孩子年龄特点学习指导方式? 结合学校"我爱蔬菜"主题展示活动,组室董伟老师选择了《科学合理饮食》进行展示。

《科学合理饮食》就是要学生了解食物"金字塔"。给孩子一个正确的饮食观念。让低年级孩子明白合理搭配食物的重要性。如何解决上述问题? 用什么方式对学生进行指导? 经过讨论与实践我们发现,要让孩子明白食物的搭配就要给他们亲身体验的机会。活动设计要充分给孩子活动空间。于是,决定用"情意体验式"学习指导方式。给孩子创设自助选餐的环境,让孩子先根据自己的喜好选择。再进行食物"金字塔"的介绍。最后,根据所学知识对自己的餐盘食物进行调整。这样就能让孩子在教师创设情境中亲历体验、自我感悟、交流反思,从而形成观念、发展行为。

董伟老师为我们展现的是温馨的课堂氛围、亲和的师生关系。

孩子们在教师创设的情境下愉快、轻松的学习了《科学合理饮食》。通过课堂教学的研究我们发现,低年级和高年级在运用"情意体验式"学习指导方式时应注意现实情境选择。低年级的孩子要尽量为他们创设与真实环境相类似的情景。让他们在模拟的环境中学会知识。而高年级只需引导学生亲身经历某件(或多件)事,为学生的亲历与体验活动提供结构性的现实情境。

三、活动总结

我们教研组整整一个学期,开展了基于知识共享的专题研究活动,经历了知识共享的四个环节:"定位与聚焦——发现与激活——感悟与内化——运用和创新"。整个知识共享活动过程,是积极有效地促进教师成长蜕变的过程、历炼的过程、完善的过程。教研组为每位教师搭建了一个知识共享的平台,在这个平台上,不仅是共享资源,共享智慧,也为教师提供展示自我、激励自我、发展自我的空间,创设了一种教师之间相互学习、相互帮助、相互支持、相互信赖的共享氛围,从而不断达到促进教师提高专业知识和业务水平的目的。

(杨钟岚)

有效的共享　有效的教研

我们组室共有 6 位美术教师,老师们教学经验丰富。她们中有人多次在市、区课堂教学评比中获一、二等奖。有多人指导学生获得无数美术作品奖。这是一支团结的队伍,积极进取的队伍。近年来,在学校知识管理理念下,我们这支队伍充分利用教研组共享平台,开展基于问题解决的知识共享活动,以集体智慧促进每位美术老师的成长。

一、活动过程

（一）定位与聚焦

本学期 4 月份，我组张琪老师向全区美术教师展示了一节参加上海市小学美术教学评比的课《面具》，课上张老师采用看、想、画、做、玩、讲及游戏活动，引发学生对面具的好奇感和对夸张形象的想象，并学会用油画棒、水彩笔绘画工具创造出自己喜欢的面具。

听课后，我们组织了一次评课活动，吴玮萍、单志宏、夏琛纷纷谈了自己看课的感想：

吴玮萍老师说："提问是教师与学生、学生与学生之间的交流。张老师针对一年级学生的知识水平与心理特点，精心设计提问，提问由浅入深，循序渐进，让学生有信心回答问题，并能在解决问题的过程中受到启发，让艺术学习更自然生动，更活泼多样，调动了学生的学习兴趣。"

单志宏老师说："教师的示范，能最直接、最具体、最直观地让学生亲眼看到作画的全过程。通过张老师在课堂上的亲自挥笔作画，具体详细的示范指导，让一年级的学生真正掌握和领会了面具的绘画方法。"

夏琛老师说："美术教学是一种直观的形象教学，张老师首先在整节课的引入部分设计一个适合低年级学生玩的拼图游戏，充分利用游戏的形式和特点，将学生引入课堂学习之中，增强了学生对面具具体形象的感受能力和想象能力，使学生在参与的过程中，发挥主动性、积极性，提升小组合作的能力，使他们爱学、乐学、想学。"

大家议论得很热烈。其实《面具》这一课，不仅在低年级教学中有，在中高年级也有。由此让我想到，各个年级段都有这样的教学内容，这在一定程度上决定我们教学中肯定有很多的"相同"。但是太多的"相同"意味着简单的重复，意味着机械的操练，这样的教学，是对学生的不负责任。当我把想法提出来后，我们组老师也有同感。大家都有愿望想要通过《面具》这一课开展低、中、高年级同一内容教学衔接的研究，通过彼此合作，带来更多的交流与共享。因为我们美术老师不同于语、数、英老师，由于一个年级中，语、数、英有多位教师同时教学同一内容，因此，在教学中所遇的问题可以立即讨论和解决，显现的经验，大家也能彼此共享，进而进一步实施并收到成效。而对于一人教一个年级的美术老师来说，便很少有这样的条件与人共享同年级教学的经验。有时，只有等到别人教到你这个年级的时候，你的经验才能为他人欣赏和所需，更多的时候是自己在"闭门造车"。因此开展跨年级研究，既是研究专题所需，也是凝聚我们组室力量，激发我们每位教师参与合作的意识、研究的意识、共享的意识的途径，使教师的工作、学习、发展融为一体。最后，通过对教材的分析，我们决定从材料、教学方法、手段，以及作业要求等方面进行各年级段教学的有效衔接。

（二）发现与激活

确立教研主题后，老师们围绕主题，先后在教研组内开展了多次学习活动。

我们研读了《小学美术课程标准》，更进一步认识到教师须引导学生以个人或集体合作的方式参与各种美术活动，帮助学生尝试各种工具、材料和制作过程，学习美术欣赏和评述的方法，从而丰富学生视觉、触觉和审美经验，感受美术活动的乐趣，获得对美术活动的持久兴趣。

我们还通读了《工具、材料与环境的作用》一文。文中写道：适宜的工具、材料、环境和技巧的发展在艺术表现中起着重要的作用，没有美术材料的运用，艺术表现也就无从谈起，没有技巧的表现，就不可能实现最终的追求目标，玩工具与材料是学生兴趣的原动力，而工具的选择与年龄又有直接的关系……

这些内容的学习，为我们研究提供了理论基础。

在一次教研活动中,我们还结合自己的教学,纷纷交流起各年级学生在课堂上美术材料运用的特点。

张琪、翟玉华老师:

低年级学生由于腕骨和指骨正处于生长发育过程中,小肌肉群不发达,手部小动作精确性较差,心理上感知觉不精确,我们应该立足于低年级学生特点。对低年级的儿童来说,优质的油画棒、水彩笔、剪刀、固体胶等简单的美术用品是他们的理想工具,学生能用绘画用具认识和描绘各种基本图形,并用图形组合表现景和物。

吴玮萍老师:

中年级学生心理、生理发育比低年级学生成熟,学生可以掌握基本的透视现象、线描方法、色彩知识,他们能用水粉画、中国画的形式,表现自己最感兴趣的事物。会选用玻璃纸,彩色纸等不同材质的纸张制作有创意的手工作品,并进行简单的设计和装饰。

单志宏老师:

高年级学生在绘画方面已可以运用明暗知识、雕塑知识、复杂的色彩知识来表现平面和立体的景物,运用中国画技巧临写较难的作品……因此,陶土、色彩工具是他们常用的材料。

……

通过多次理论学习和跨年级讨论交流,从而为我们能更好地根据学生的年龄特点和动手能力选择各种工具、材料,对学生进行绘画和制作的指导打下基础。

(三)内化和运用

在充分学习的基础上,我们选择了各年级中均有的教材——《面具》一课,进行备课,针对教学目标、教学重点与难点、教材建议(导入方式、中间环节、作业设计、教学评议)等方面开展分析与研究。

以下是老师设计的相应的教学思路和方法:

张琪老师：

《画面具》是一年级第一学期的一节泥工课。这一学期共有2节泥工课，要让学生学会揉、团、搓、压等基本动作。制作面具要求学生对彩泥进行添加、切挖，并进行装饰，这对刚入小学，年龄较小的一年级学生有一定的难度，所以第一节课我建议让学生用油画棒作为工具，以绘画的形式来表现面具。第二节课再指导学生学会用泥工的方法制作面具，这样比较符合学生的身心特点。

吴玮萍老师：

世界是丰富多彩的，用美术来表现的方法也应是多样性的，三年级学生在低年级用油画棒绘画的基础上可以加入线描画，学会用记号笔，采取粗线和细线结合的方法来表现面具的主体轮廓与局部结构，感受线描画的装饰美，开阔他们的审美眼界。

夏琛老师：

四年级《面具》这节课教师可以引导学生用铅画纸卷成圆柱体，使之成为人的面具的造型。然后让学生用彩纸剪出各种夸张变形的五官和装饰物贴在面具上。制作的时候，老师可启发学生做出各种不同形状的脸型，如：三角形、半圆形等，并且收集一些其他材料（羽毛、绒线）来装饰面具，使它变得更有创意。

单志宏老师：

人物脸部的造型是有一定难度的，要让五年级学生利用陶土捏出人物五官，其适度比例都是学生难以表现的。老师可利用压模成型的方法让学生在直观的制作中得到最感性的认识，等面具干了以后再用颜料进行脸部的创作。

......

我们把每人交流的信息进行提炼、归纳，整理出不同年级材料的使用和表现的方法，并通过共享认识各年级段教学过程"同"在哪里？"异"在何处？以下这张表便是我们本次系列知识共享活动的成果之一。

各年级段教学不同点：

年　级	工　具	艺术表现	重　点	作业设计	呈现效果
一年级	油画棒	大胆联想、用几何图形与色彩进行创作	夸张想象	用绘画方法创作出神态各异的面具	平面彩色
三年级	记号笔	结合"点、线、面"进行线描创作	点线面的组合	线描方法装饰面具	平面黑白
四年级	彩纸、剪刀、胶水	用色彩和块面造型，进行纸雕创作	组合造型	卷、折方法制作立体脸型，并用彩纸剪贴五官	立体彩纸剪贴
五年级	陶土、颜料	用装饰性的线条设计京剧人物，进行脸谱创作	装饰绘画	陶土捏出面具，用水粉颜料上色	立体泥塑

各年级段教学主要环节设计如下：

● 课前准备：

让学生收集面具的相关图片和介绍资料。

● 导入新课：

通过拼图游戏、课题揭示、设置疑问等方式导入新课。

● 传授新课：

通过媒体等各种手段给学生欣赏各种各样的面具，初步了解面具的分类及古今中外面具的用途，调动学生学习积极性，并深入观察面具外形、五官的特点，引发学生的创新思维。

● 课后拓展：

向学生介绍一些适合本年龄段学生的面具的制作方式，为以后继续学习打基础。

集体备课有了共享的成果。在以后的一个星期，我们组室每位教师开始在自己教学班内进行实践。在运用以上教学环节的基础上,老师们根据各自年级学生的年龄特点,进行了深入细致的课堂教学设计,较好地完成了教学目标,取得了良好的课堂效果。

二、活动感受

本次共享活动结束后,大家的感触很深。

感受之一:认识到让学生感受各种材料的特性是美术教育的重要环节之一。作为一个美术教师,在教学中,注重材料自身的特质,在运用的基础上,发挥学生的想象力,让学生在尝试各种材质带来的新鲜感中感悟艺术,能使他们体会到发现材料、合理利用材料创作艺术作品时的喜悦。

感受之二:知识的有效共享,能促进组织内知识的良性流动和增值。我们跨年级集体分析教材,进行备课,这给我们的收获是不言而喻的。这样的共享,让我们每个老师都能系统地了解各年级教学内容和要求,从而更好地把握本年级段的教学目标,这是集体智慧的结晶。通过这样的研究与共享,也提高了我们组室成员之间的信任感,增强了我们的合作能力,并使成员之间在真正意义上共同拥有知识。

我们想说:

● 共享是件快乐的事。

● 知识共享,常常会给我们带来新的教学思想和教学信息。

● 与同事合作可以启发我们运用多种教学方式促进学生有效学习。

● 知识共享越多,成功机率越大。

(夏琛)

附录二：
来自教师的体验与感受

在知识共享中快乐成长

三年来，我们学校通过开展知识共享活动，为教师的专业发展提供了一个切实、有效的共享平台。在一次次的知识共享活动中，我感到自己专业发展的步伐加快了，感到自己真正乐在其中！

在知识共享活动中，学校经常把专家请进来，通过专业研究者和教师之间的合作，彼此真正建立起平等的伙伴关系，相互沟通，平等对话，共同探究，共享知识，这既为我们教师的专业水平提升提供了有效帮助，也让指导者从中得到实践的启迪和收获。

在有专家参与的知识共享活动中，高永娟老师的《语文知识如何在教学中得以夯实》，李静艳老师的《渗透课改精神，构建效益课堂》，朱丽春老师的《中低年级的写话衔接》等报告，都让我受益匪浅。在一次次的知识共享中，我对如何根据教材特点适度、有效地教学相关语文知识有了深入地认识。

高永娟老师在讲座时说：语文知识要在教学中得以夯实，目的是运用，知识是载体，训练是手段，必须侧重学生的实际运用能力。我听了以后，受到很大的启发，在之后的备课中，更是充分地关注到这一点，力求通过我的教学手段切实有效地提升学生的语文能力。

　　例如在上学习准备期《做早操》一课时,我先通过"拷贝不走样"的游戏让学生听记一句句子:"早晨,小动物们排队做早操。"以此来训练学生认真听、大胆说的能力。然后我分别提了三个问题:"什么时候,小动物们排队做早操?""早晨,谁排队做早操?""早晨,小动物们干什么?"让学生读句子来回答,借助问答的形式给学生渗透一个规范的句式,即"什么时候,谁干什么"。在揭示课题后,我在媒体上出示一幅图,请学生看图说出谁在做早操,并按照从前往后、从左到右的顺序一起说出他们的名字。接着出示填空:"早晨,＿＿＿、＿＿＿、＿＿＿、＿＿＿和＿＿＿排队做早操。"请小朋友们用上这个句子连起来说说谁排队做早操。在学生回答后,我及时针对其有没有按顺序说进行点评,强化看图时要按照一定的顺序。这样,我在课堂上既训练了学生规范的表达,又有意识地培养他们看图的时候要按一定的顺序,为今后看图写话打下扎实的基础。

　　在共享活动中,我们不仅共享专家的经验,更多地也共享同伴的经验,从而在共享中,不断提高自己工作能力。

　　学校以信息技术为支撑,建立了知识管理网络平台,也称"学校知识管理系统"。在这个网络平台上,不仅有每位教师的"教师专业发展知识手册"、"学校教师专业知识库"供教师共享学校老师们的经验,还有动态的"知识寻呼平台"。工作中,我们经常会碰到问题。当身边的人不能及时解决,我们老师可把求助的对象范围扩大,进入"知识寻呼"向学校其他同伴求助。不同背景的教师根据自己的经验,针对同一个呼救内容作出各不相同的回答,着实为我们每位教师提供了解决问题的方法和手段。

　　我教的是低年级,学生在朗读课文时经常拖音,"的"字读得很长,虽然我也跟学生说读句时"的"字要读得轻短,也进行了范读,但效果总是不大。于是,我在学校的知识寻呼系统中提出这个困扰我的问题,没想到老师们立刻向我传来了自己指导学生朗读的经验:除了老师的范读,还可以进行请小朋友领读,个人或小组的比赛读,老师用两种不同的方法读,让学生比较哪一种读得好等。我将它们运用到对学生的朗读指导上,果然学生的朗读水平有了明显的改善。听到他们的琅琅书声,我觉得很快乐。

本届一年级在开学时有了两个星期的学习准备期。对新入学的学生来说,学会认真倾听无疑是最为关键的。如何培养才能行之有效呢? 我向骨干教师俞老师讨教经验,她告诉我:在课堂上,如果仅仅对一年级学生强调"要认真倾听别人发言"是不能达到效果的,应该作出具体的要求,如眼睛看着发言的同学,不能重复别人说过的话,对学生的表现及时予以评价,达到强化训练的目的。老师课堂的提问要有明确的指向性,适当放慢语速,可以请学生重复老师提的问题。听了俞老师的话,在课堂上,我不再把关注点仅仅聚焦在知识的传授上,还关注学生在课堂中是否能做到专心倾听,采取各种方法对学生进行针对性的训练及评价。经过两个星期的训练,学生基本上都能做到在上课时认真倾听。

教师的专业发展是一个螺旋式上升的过程。教师之间的合作共享,使我能不断地学习他人的教学经验。在日常教学中发现问题,也能在教研活动中和知识寻呼系统中与教师们共同探讨问题,解决问题,以提高自己的教学水平,使自己逐步向一个研究型教师转变,形成自身的专业风格。

(孙　琦)

在共享中收获

教研组是教师之间相互合作和共享,促进教学的有效内部组织形式。通过教研平台,教师之间有了相互切磋教学问题的伙伴,彼此之间可以共同分析教学情况,共同磋商教学改进策略,可以共享彼此的教学资源,从而加强教师对自我教学的关注和改进。

一、在集体备课中共享

每学期开学前,我们教研组分工,每人精心备好两单元课文,在网络共享平台传阅、交流。在共享的基础上,教研组还组织全体成员在每个单元中选择一篇课文进行集体备课,轮流执教,在共同的研究和知识分享活动中提升组内每位教师的课堂教学水平。本学期《迷人的秋色》一课的研究,正是一次集体知识共享的过程和体验。我们充分利用一个年级有多个平行班的特点,在教学实践中开展滚动研究,对一个课例进行反复分析和对话,多次实践和运用的循环研究活动。在组长马荔老师的带领下,大家根据《课程标准》,根据文本,联系学生,确定本课的教学目标。第一次实践课上,马老师设计了让学生从选择喜欢的句子入手学习课文内容的教学方法,学生的学习自主性加强了,学得有滋有味。轮到第二位执教的黄蔚老师,她在听取大家评课意见的基础上,增加了说话训练环节。课上,她准备了新鲜诱人的水果,通过形象的实物让学生在四人小组内讨论,试着从味道、形状、颜色等来介绍一种自己喜欢的水果。同学们表现积极、投入,把课文中学到的一些好词都运用上了,课堂上做到在阅读中训练学生说话的能力。轮到我执教时,我又从网上找了丰富的图片,依托现代媒体,增加拓展环节,从而增加学生知识的输入量。通过一次次学习、研讨、课堂实践,每个教师已有的经验被一次次激活,隐性经验显性化,最后,再请组内钱老师把这堂课在语文大组中展示。这次展示汇报,既是展示我们小组研究的成果,也让更多的同伴得到知识的共享。

二、在交流中共享

教师之间的相互交流与学习的机会,有助于教师深入研究课堂和学生,提高教育质量。由于低年级新教材的编写旨在使学生识字的语言环境变得丰富多彩,使识字教学的过程变得生动有趣。如何让学生在阅读中识字,在识字的过程中积累语言材料,再在生动的语言材料的阅读中巩固所识的生字，发展语言，从而做到识字、阅读、发展语言互相促进。于是，我们级组的 9 位老师根据学生学习的需要，经常进行教学交流，分工整理了每一课的形近字，编成各种形式的练习，供大家结合自己班级学生的实际进行选择运用。为了帮助学生积累丰富的语言，我们又利用教材，选用文中的重点词语来编写听记句子，让学生进行每日听记的训练。直观性的多媒体教学是激发学生学习兴趣的有效手段，然而，真正做一个精制的课件所需投入的时间、精力是很大的。在组长马老师的建议下，我们又分头制作教学课件，供大家参考运用，在每个教师运用修改的基础上，期末建立起了我们本年级课件资料包。这个资料包，是团队中的每个人都精心付出努力后，得到的一种优化的教学资源，是我们组室老师智慧的结晶。

　　一个有凝聚力的教研组，一定是一个有共享文化的组室，在这样的组室中，我们收获，我们成长。

（周智红）

在"发现、比较、转换"中增长教学智慧

　　只有不断优化自身的强势智慧，超越现有的经验，形成属于自己的教学特色才是作为一名教师更长远的发展。我为自己规划，以学校为教师提供的各种专业平台为途径，在"发现、比较、转换"这三个环节中增长教学智慧，加快个人专业发展的速度。

　　首先，在"发现"中，累积教学经验。面对与时俱进的新教材、新课程教育理念和与之相适应的教学方法、教学手段，使我意识到只凭自己现有的知识水平和已掌握的教学技能实施教学是远远不够的。学校为教师构建的信息化网络平台是我学习提高的有效途径。在知识管理系统中，有老师们精心设计的教案、课堂实录、教育教学

论文和随笔,记载着各位老师在自己的教学之路上大胆尝试,寻求解决方法,勇于进行教学实践,积极探索教育改革发展的足迹。在那里我可以触摸很多鲜活的教学经验,接受新的教学理念,借鉴各学科独特的教学视角。我校数学组每次开展的课堂观摩活动,为我展现了每位教师特有的教学风采。我发现有经验的老师具有较强的课堂掌控意识和应变能力,语言表达严谨而有条理;青年教师敢于大胆尝试,教学内容设计新颖独特。学校为我们创设的知识共享平台,为我们学习提供了方便,使我不断的发现每一位老师身上的闪光点,在不断地"发现"中找到差距,找到学习的榜样和努力的方向。

其次,在"比较"中,提升自己的教学技能。课堂教学实施中,怎样有效组织教学、怎样更好地调控课堂气氛、怎样应变课堂发生的意外状况,是我常常感到困扰的问题。然而同伴互助、知识共享的团队合作活动为我解决这些实际问题给予了很大的启示。在教学案例研讨活动中,我仔细观摩课堂上每个细节,细细品味执教者的教学语言、课堂教学行为。课后认真聆听同伴们不同的见解,结合自身的教学情况,在比较权衡中让我了解到,新授课上,面对学生理解上的错误,教师大胆追问引导学生主动发现问题,比直接纠正学生的错误更能使学生有效掌握知识重点;练习课上,引导学生大胆尝试、及时交流、拓展反思比完成多形式的练习巩固题更能拓宽学生的知识面。在"有效提高学生计算能力"的专题研讨活动中,同伴们积极交流着各自在实践中积累的方法和策略,有的建议从读题、解题、验算中培养良好的学习习惯入手;有的建议从解题态度入手,采用各种激励手段。在经验共享中,我反思、比较自己教学的不足,大胆尝试,取长补短,适度调整,摸索适合自己学生实际情况的教学方法。通过数学组内形式多样化的共享研究活动,使我对教学内容的理解、课堂设计的构思、教学策略的运用有了更深的认识,为提升教学质量奠定了基础。

在"转换"中，丰富教学智慧。我深知更多的教学经验是一些"可以意会、不可言传"的实践智慧。情境案例学习和听课评课等教研活动似乎能解决问题，但事实是，教案和教学实录不能复制，要提高自身的专业能力，就必须使自己进入一种自觉的研究状态。本学期数学组的研究课题是"几何教学中的有效操作"，借这次实践机会，我尝试着"一课三备"的方法。根据教学内容开始第一次备课，这次备课我不看任何资料，全按个人想法准备教案；接着进行第二次备课，大量搜集关于有效操作的理论资料和经验介绍，两次比较让我发现了很多在原先设计中没有考虑到的问题，了解到自身的不足之处；然后进行第三次备课，边教边改，从教案与实际教学的差异中探索不足之处，继续修改备课。在"三备"中，我不仅在教学能力得到锻炼，自身的研究能力也得到提高。最后大胆在同事面前展示自己的课堂教学，认真听取大家的建议，勇于正视教学中的成功与失败，虚心求教共同探讨更有效的教学方法和策略，认真及时进行教学反思，在实践中运用和发展自己的教学智慧。

在形式多样化的知识共享活动中，我通过"发现、比较、转换"三个环节，不断优化自己的强势智慧，提升个人的教学素养，努力成为一名合格的智慧型教师。

（刘　晔）

一堂课引发的思考

作为一名自然常识教师，我觉得在自己的教学中有时存在一种定势：对学生总有这样或那样的不放心，例如在教三年级第二学期《磁铁的两极》这一课时也一样。在第一个班级上课时，要让学生做一个"磁铁两端与中间磁力比大小"的实验，由于怕学生一上来不听要求做，所以在布置这一实验时，反复强调实验要求和注意点，才让学生自己动手。做的时候,更是多方面的启发、引导、暗示,让学生知晓一步一步地操作过程,使得学生能顺利完成此实验,得出了"磁铁两端磁力大,中间小"的结论。

上完这节课,通过反思我觉得表面看来课堂纪律不错,学生按照我的教学计划运转着,教学过程显得循循有序、四平八稳,学生也掌握了应该掌握的知识点。但综观整堂课,我似乎总感到缺少了什么。这时我马上想到了学校为教师构建的信息化网络平台,对,上网进行知识寻呼。希望其他教师能帮助我共同解决问题。为了让其他教师更直观我的困惑便于解决问题,我还将事先拍的这堂课录像上传到了学校的评课系统。没过多久老师们的信息就反馈过来了。

金老师在网上给我知识援助,她说问题出在我不相信学生,课堂上老师牵得太多,学生学习兴趣没有被调动起来,束缚了学生的思想和行为,抑制了学生的创造性。教师在课堂上应该多创设学习情境,引导学生主动学习,积极思考。

区教研员张老师也给予了我知识援助,他告诉我这堂课一开始的导入设计不够好,已经牵制了学生的思维,学生没有自己的思维空间。而新授课中一个好的导入不仅可以给课堂带来勃勃生机,而且能使教育得到事半功倍的效果。它能吸引学生在教师创设的情境中不知不觉地来到新知识的海洋,让学生做中学。

其他老师也对我这堂课发表意见:认为我课上有时缺乏对学生话语的倾听,经常打断学生的发言,甚至对学生的错误答案出现不能容忍的情绪。作为教师如果不能容忍、不让学生说出他的发现,那么学生内心的求知欲和表现欲就不能被激发出来,从而达不到教改中提出的发展学生个性、让学生能自主发展自我教育要求。

听了专家和老师们的点评,我静下心,认真思考琢磨。我豁然开朗,在这堂课上,学生的思维实际上就是我的思维,学生的活动就是我的活动,这样的课,怎么会生动活泼呢?我重新审视我的教案,便从导入设计开始修改。通过我对教材的再认真分析,我设计了两个"游戏"实验来引入。

第一个拔河游戏:在规定赛道内分别利用磁铁的两端和中间抢夺一枚回形针;

第二个钓鱼游戏:利用磁铁的两端和中间的磁力钓回形针。

希望通过上述游戏,学生能在玩中发现磁铁两端的磁性比中间强这一现象,并得出结论。之后我请来了教研组的教师一起提意见,通过认真聆听同伴们给我共享的经验,结合自身的教学情况,在比较权衡中我决定采用第一个设计并且针对易用性进行了修改。

以下是我在上另一个班引入部分的课堂实录:

师:同学们,在今天课的开始,我们先来做一个拔河游戏,这个游戏要求我们学生每人手持一块同等规格的小磁铁,在规定的赛道内用一块磁铁的任意一端和另一块磁铁的中间部位抢夺回形针,然后观察比赛结果,比较磁铁两端与中间磁力的大小。

(学生一听到"游戏"两个字眼睛都瞪大了,情绪马上调动了起来。当我介绍完比赛规则将磁铁发给学生后,我发现学生都兴奋地拿着磁铁在赛道内比试,还迫不及待地用它来吸桌上物体。)

学生游戏结束后,我和学生开始交流。

师:你们发现了什么?

生:用磁铁的一端比赛的人总是赢。

师:这说明了什么?

生:磁铁的两端的磁性比中间大一点。

这时我刚想布置下面一个实验进行验证比较两端和中间的磁性到底相差多少,此时有一位学生突然高高地举起手。

生:"老师,我还发现了,我还发现了!"

师:你发现了什么?

生:老师,我的磁铁红色的一头与另一位同学的磁铁的蓝色一头会吸在一起。

（这个发现，是我第三个环节要教授的内容。没想到学生已经发现了，看着他那么兴奋和激动的脸，我想：这不正是让学生积极参与的结果吗？学生的回答已经涉及我的第三个教学步骤，但我必须按照学生的学习来调整我的教学步骤，而不能打断学生的学习积极性。）

师：同学们，除了这个发现，你们还有什么其他发现吗？

（同学们都议论开了，课堂的气氛立刻活泼起来了，同学们有的分组试验、有的相互讨论。他们拿着磁铁你碰碰我的，我碰碰你的。）

生：红色的和红色的一端碰在一起会相互弹开。

生：蓝色的和蓝色的一端碰在一起也会相互弹开。

生：用磁铁的任意一端去碰另一块磁铁的中间部位，非但吸不住，还会滑到另一块磁铁不同颜色的顶端，互相吸住。

……

从学生纷纷观察到的教学现象，我发现我的导入部分的教学设计成功了，学生不但学习积极性高，而且达到了我预先设计的教学目标。良好的开端有了成功的一半，这堂课最终在同学们积极参与，思维活跃，有所收获的氛围中结束的。

学校构建知识共享平台，开展知识共享活动，其有效的核心在于每个教师个体对共享的知识经验的领悟与转换。通过这节课的教学、反思，以及同伴给予我经验共享这一过程，我颇有收获。我感到课堂上教师对学生有了信任和适度的"放任"，学生们学习的热情会更高，学习的效率也会更高。而放任并不是让学生放任自流或随意为之，而是改变长期以来以"教"、"灌"为线索的安排教学的传统观念和传统做法，在课堂上给予学生一定的时空，引导他们积极动脑、动手。陶行知先生曾经说过："先生的责任不在教，而在教学，而在教学生学……"儿童心理学告诉我们，在儿童的精神世界中，希望自己是一名发现者、研究者、探索者的心理状态是十分强烈和突出的。而教师就要以学生的发展为本,尊重、关心、理解、信任每一个学生,要学会角色转换,在教学时,只有大胆放手,让学生成为真正的发现者、研究者、探索者,敢想、敢说、敢做,他们就一定会激发出创造的火花!

(杨 捷)

学会积累　学会发展

记得苏霍姆林斯基曾经说过,人的内心有一种根深蒂固的需要——总感到自己是一个发现者、研究者、探寻者。是的,对一名语文教师来说,要想获得新的知识和宝贵的经验,生活工作中的自我积累应该是一条捷径。那么,如何进行自我积累,又可以在哪些方面进行积累呢? 我想,教师学习、研究、反思、创新的能力,需要我们教师对各方面知识广泛涉猎,不断更新。只有自己的知识丰富了,才能满足学生的需要。

苏轼有诗云:"腹有诗书气自华。"为此,我平时根据自己的职业特点,首先力求多读书、读好书,以此积累知识、增加文化底蕴。我读苏霍姆林斯基的《给教师的建议》,明白了教师获得教育素养的主要途径就是读书、读书、再读书。我读《"事"说师生关系》,明白了只有心灵的付出,才能拉近师生间的距离;我读《钱梦龙与语文导读法》,明白了阅读教学是学生、教师、文本之间对话的过程。所以,我力求在课堂上为学生创造阅读的空间,引导他们学会阅读,爱上阅读。记得一位语文高级教师曾说过:"只读两本教材书和教参书的教师无论如何是不能成为优秀教师的。"是的,读书可以提升自己教育的爱心和社会的良心。这是做一个真正的教师所不可缺少的"精神底子"。所以,读教育理论书,让我感到教育可以一生追求;读文学书,可以增加我的文化底蕴;读历史书,可以让我洞悉一切;读生活、读人生,则可以让我成为一个真正的人……老师是人类文明的传承者,我不读书,又怎能让我的学生与书为友?

其次,作为教师,就要主动去获得专业发展。既然专业发展是每一位教师必须面对的事,那我们就要有一种强烈的自主发展意识,要根据自身的实际情况,制订适合自己的专业发展目标、计划;要选择自己需要的学习内容,不需要别人去催促、监督,而去主动地学,主动地发展。去年,在学校领导与年级组老师们的帮助下,我完成了校级公开课《白银仙境的悲哀》。这堂公开课的完成,让我巩固了课堂中运用朗读、想象的方法充实学生对文本的理解的教学方法。本学期,我又有幸完成了一节市级公开课《拥抱大树》。从试教到正式开课,我深切地感受到自己的成长:对教材的把握更贴切了;教学语言更严谨了;对学生发言的评价更及时了——我的教学水平也得到了一定的提高。由此可见,主动地去争取发展的机会,认真地对待每一次发展机会,就是一种可行、可贵的积累,而教师本人,就是最大的受益者。

第三,要善于反思。我们每天都在学习、实践。实践能促进我们的专业发展,反思则能让我们有所积累,有所提高。在专业发展过程中,我们要不断地对自己的教育教学行为进行反思。每天反思一点,每天积累一点,每天修正一点,日积月累,肯定会有所收获。所以,空暇之时,在完成了每篇课文的教学之后,我会仔细回忆课堂上完成得比较顺利的环节或感到滞阻的细节,三言两语记下教后感,针对具体情况修改下一篇课文的教学设计。在去年三年级的语文教学中,我针对学生对知识点的掌握情况,对每篇课文都设计了相关的小练习,并根据学生完成练习后的情况对每一次设计的练习记录"练后感"。每隔数周,我就会翻阅一下这些记录,看看自己的教学工作是否总结了以往的经验,是否顾及了孩子们的认知特点。同时检验自己的教学方法、练习设计是否能适应大多学生,是否有所改进。在反思的过程中,我欣喜地看到了学生们的进步。我也深深感受到:反思,能让教师适应学生学习的步伐,更能提高自己的教学水平。

第四,要善于与他人合作交流。这是一个开放的时代,固步自封是不可取的。我们要保持开放的心态,积极寻求与社会、同事、家长、学生的合作与帮助,要学会尊重与接纳。与此同时,细心吸取同事们教育教学工作中的宝贵经验,不断完善自我,提高自我也是很重要的自我积累。在平时与同事们的合作交流中,我从金老师身上学会了万事从笑容开始。温暖的笑容能拉近教师之间、教师与学生之间、教师与家长之间的距离,能让你享受到工作的快乐。我从蔡维龄老师身上学会了对待学习有困难的学生要耐心、细心和恒心,一遍又一遍不厌其烦的教导,一天又一天雷打不动的补差,提高了学生的成绩,也使孩子们的脸上出现了久违的自信。我从胡亚华老师身上学会了面对特殊学生,不仅要教育学生,还要与家长时时联系,事事沟通……在与同事们的合作交流中,我的班主任工作比以前更细致了,家长和孩子们也更喜欢我了。积累工作方法,积累工作经验,让我品尝到了进步的喜悦。

我想,作为一名普通的语文教师,作为一名班主任,在繁忙的日常工作中,只要明确自己的发展目标,做一个有心人,不断从各方面进行自我积累,长此以往,自己的教育理念、教学水平及个人修养都会得到积淀和发展的。

(山　岭)

我对策划和组织知识共享活动的思考

在"二期"课改全面落实之际,"新课程标准"正要求教师们逐步从学习型教师向研究型教师转变和迈进。所以,教研组在推进教师专业化发展的进程中显得尤为重要。近年来,我校进行知识管理,开展知识共享活动,以教研组为平台,使教师们一起面对教学问题,献计献策、交流思想、碰撞出新的思维火花,从而全面提升教师们的教学素养。而作为教研共享活动的组织者教研组长兼知识编辑,该如何组织有效的教研活动这一问题就显得尤为关键。经过实践,我有了以下的几点思考和体会:

一、关注现象,聚焦问题

工作中,我感到要组织一次有效的知识共享活动,必须要先确定一个主题。教师在教育教学工作中常常会产生困惑与问题,而这些问题中有共性的,也有个性化的,因此作为共享活动的组织者要善于发现和捕捉组内老师的知识缺陷,选取共性问题中教师急需解决的问题,同时也是二期课改推进过程中的瓶颈问题作为教研共享活动的主题。只有这样,才能让老师带着期盼而来,带着满意而归。

记得有一学期,我们组内的老师们都觉得,本年级学生中学习困难生较多,而这是提高整个年级教学质量所面临的最实际、也是最严峻的问题。通过学习,我们也感到教师在课堂上,不能让一个学生掉队,他要关注每一个学生的发展。所以,通过和组室老师的共同探讨,我们把《五年级数学学习困难生辅导策略的研究》作为本学期教研主题之一。这样,不仅进一步增强老师们关注学习困难生学习状况的意识,同时也增加老师们对有效辅导策略的学习与积累,从而提高对学习困难生的辅导能力和教学实效。

二、注重沟通,设计方案

我们知道,教师的知识有学科知识、专业知识等,知识有显性和隐性之分。在组内,如何通过知识共享活动让教师个体知识成为组内教师共同的知识。作为教研组长兼知识编辑这是必须思考的。如果我们把在组内开展知识共享活动的学习过程理解为由内向外的表达、交流、共享的过程,教师就能成为共享活动的积极参与者和受益者。

因此,作为活动策划者和组织者,我必须和组内教师加强沟通,达成共识,设计有效的共享方案。仍以上述例子为例,当我们把《五年级数学学习困难生辅导策略的研究》作为本学期教研主题后,根据老师的需求,我们设计了如下共享计划:

1. 共享经验

对困难生的帮助,每位教师或多或少都有一点自己的经验,哪怕是零星点滴,也是宝贵的。因此,我们在教研活动时开展了一次经验共享交流活动。活动时,大家纷纷交流自己的点滴体会。作为组长,事后作了相关的归纳和整理。

2. 共享信息

围绕研究专题,为了获取更多的信息资源,在准备过程中,我组织组内老师学习,翻阅相关专业书籍,查找网上资料,还找来其他组室老师交流辅导困难生教学心得,收集多方信息,从而让每一位老师有更多的方法手段提高困难生的学习质量。

3. 共享备课

学习困难生产生的原因很多,有智力因素,也有非智力因素,如何在课堂上关注困难生的学习,从而减少学习的障碍。当进入了应用题教学阶段,组内老师们都认为应用题学习需要一定的阅读理解能力和分析能力,而这通常是学习困难生非常薄弱的环节。所以,在这一阶段,我们以应用题单元教学为抓手,对"如何通过有效的辅导策略,提高学习困难生的解题能力"进行更深入地实践、探究。我们进行了集体的备课,共同共享集体智慧。无论是提问,还是教学环节的安排,甚至是练习的设计,都把困难生如何学习备在其中,从而帮助每位教师更好地关注课堂上困难生的学习过程。

4. 共享案例

经过课堂实践,老师们有了很多的感悟和体会。在一次教研活动时,针对"例4"的课堂教学,史蔚文老师配合例题教学,归纳出了"圈划"法、列表法,周艳老师和侍群老师则分别补充了对比法、分步列式等较为有效的辅导方法。之后,我们又对例2和例3课后辅导题的设计进行探讨,史蔚文老师提出了针对学习困难生要"降低难度、分层练习"的观点,而侍群老师则谈到了"系统归类,逐个突破"这一做法非常可行,交流过程中大家都觉得在这样的知识共享活动中,有启发,有收获。

三、整理提升,行为跟进

要使教师知识共享活动真正实现知识的有效共享和积累,作为一名策划者和组织者,在整个知识共享的活动中,我做一个有心人,不时地将老师们提出的观点及方法进行归纳提升。每一次活动结束后我都有反思,有总结并及时在知识管理系统的互动平台上呈现,为下一轮的探究提供话题,从而产生新的知识共享行动,引领组室老师围绕专题进行更持久、更深入的研究,最后将比较科学和有用的部分予以保存,形成学校知识积淀,供广大教师随时提取参考。

作为知识共享活动开展的核心人物,我深深地体会到在工作中,积极利用好教研组这一平台的优势,充分把握知识流动的规律,设计有效的知识共享活动,才能引导成员真正实现共享,实现成员间显性知识和隐性知识的相互转化,实现个人、团队两个层面的知识的相互转化,才能让同伴带着期望而来,带着期盼而去。作为教研组长兼知识编辑,我深感"任重而道远"。

(李　烨)

网络改变了我的学习工作方式

2006学年,我调入了高安路第一小学。面对学校信息化的管理,教育教学网络共享平台的充分运用,我感到了不适应。我反思自己，深感课程改革的全面推进，对教师提出了更高的要求，身为教学第一线的教师，只有加快自身专业发展的进程，才能紧跟课改的步伐，适应当前的教育形势。在同事的热心帮助下，我很快适应了学校网络学习和工作。我养成了每天上网的习惯，感受到网络为教师的成长提供了极为广阔的空间和极好的平台，它带来的强大的教育教学的资源。我开始学会了想研究某个教学内容的课堂教学，先上网看一看有哪些现成的资料，别人是怎么研究的，关于这一教学行为的理论支撑在哪里，站在前人的肩膀上继续攀登。学校网络共享平台上众多 PPT，Flash 课件，只要合适教学，我拿来稍作修改，便充分利用。这不仅节省了时间，而且提高了教学效率。这学期，教研组开展《培养学生课堂上数学语言表达能力》的研究，我和大家一起收集资料，而后把各自收集到的资料发在学校交流共享平台上，通过学习讨论，进而内化为自己的知识。近两年来，我学会在网络学习，收集资料，传播信息，共享知识，学习方式的改变让我拥有了更多的知识，也让我有了更深入的思考：网络搜索带来的信息是大量的，选择、取舍基于我的基本素养。只有提升自己的学科知识、教育教学理论以及教学水平，才能整合别人的经验，转化为自己的，并为自己所用和积累。

在高安路第一小学的知识管理系统平台上，我对学校"教研互动平台"模块情有独钟。互动平台设计了"教材分析、课前准备、教学录像、课后反思、同事评价"等栏目。教研平台的互动，使我汲取众长，在反复实践中不断反思、不断积累，促进专业化成长。

上学期，我承担了数学教研组的展示课的任务。根据本学期研究课题《几何教学中操作的有效性研究》，我选择《垂直》这一教学内容，初步设计好教案，并将它上传到"教研互动平台"。同事们很快就提供了各种建议。四年级的老师提出，新教材四年级也有教学内容《垂直》，建议我可以参照新教材的教学素材呈现的形式。有人提出，既然是研究操作的有效性，可是本节课操作的环节太少，只有引进部分的作图这一环节,不能体现研究的目的……老师们你一言,我一语的点评和建议,给了我启发,给了我思考。我又翻阅了书籍,找到了孔企平编著的《小学儿童如何学数学》一书认真学习。书中提到"视觉、触觉、听觉等多种分析器官共同活动,空间观念便易于形成和巩固。"这让我觉得本节课的关注重点不仅仅是操作的形式及次数的多少,还更应该关注学生通过操作后的观察、思考、分类等活动,从而帮助学生建立垂直的概念,实现知识的建构。之后,我对教案进行了修改进行了试教。实践后,录像课又上传到互动平台。教学录像让我对自己当时的教学过程有了重新的审视,对自己的教学行为反复琢磨。看了自己试教时的录像,发现很多细节处理得不怎么好。比如,问题一出,我就急着叫学生回答,没有给他们独立思考解决问题的时间;站立的位置太靠左,忽视了最左边同学……这些,是我以后在平时教学中也应该注意的。同事的评课,有的从教学设计,有的从对学生的指导给我建议。同事中肯的意见以及他们的智慧促进我的教学智慧的生成。同样,观看别人的课以及评课,也提高了我的教学水平以及评课的能力。

180

网络,打开了我的视野,改变了我的学习工作方式,提高了我的教育教学水平,互动生成的学习工作环境,促进我不断发展和提升。

(戚海蓉)

深度访谈有感

初为人师,陶醉于春日暖风的美好期待中,精力充沛、朝气蓬勃;慢慢的,才知道教师并不像旁人所以为的那般轻松惬意。尤其对于我这样一个初出茅庐的新手,一切都是新的。面对一张张纯真或调皮的脸庞,面对一次次有意或无心的偶发事件,我不知所措。迷惘之中,不知道怎么做才是更好的。

就在这时,学校给青年教师布置了经验传递、知识共享的访谈经验教师的任务。我马上抓住这个契机,对我校教育教学经验尤其丰富、数次荣获市区荣誉奖项的俞文岚老师进行了面对面的访谈,就我所急切关注的学生的习惯培养问题进行了深入的交流和探讨。以下摘录了部分的访谈内容:

问:俞老师,您认为对一年级学生的成长来说最重要的因素是什么?

俞:良好习惯的养成,这对他来说将是受益终身的。因此我们把低年级的教育重点放在日常行为规范及学习习惯的培养上。

问:对于一年级刚入学的新生,我首先应该关注他们哪方面的习惯培养呢?

俞:上课集中注意力、认真听讲,学会动手等等都是首要养成的基本习惯。

问:俞老师,你怎么培养学生学会动手的?

俞:低年级老师,总觉得孩子的动手能力太差,喜欢包揽一切事务。其实大多数孩子还是喜欢做事的,并且做得了他力所能及的事。因此我们要让孩子们有动手的机会。比如做值日生,我会耐心地讲清楚方法和注意事项,慢慢地指导他们去打扫,而不是亲力亲为。作为班主任,各种琐事我都宁愿花费大量的时间和精力去指导,而不是去包揽。

问:早就听说您带的班级学生的学习习惯都特别棒。而我在平时也比较关注这方面,但效果却不尽如人意。比如今天布置的要求没过几天学生就忘记了,或者他们始终没法达到我要求的标准。不知道俞老师您有什么好的经验方法?

俞:我有几条简单实用的原则:

1. 以身作则。父母和教师的职责很重要。有时候父母做得不好,却要求孩子做好,根本不可能。老师也是这样,如果老师很勤快,把班级收拾得很干净,地上有纸主动捡起来,学生看到老师这样做,就会记在心里,也会这样做。老师的一个动作、一句话比说教上百次上千次要有用得多。

2. 注意第一次。作为老师要特别关注第一次,无论什么事,第一次做得好,第二次就容易做得好;第一次做错,第二次就容易做错。

3. 不要有例外。养成好习惯难,养成坏习惯易。要使学生养成良好的习惯,在好习惯未成的时候,尽量避免小孩子有例外。一个小小的例外,很可能产生很大的破坏力。

4. 持之以恒,循序渐进。坚持做,是养成习惯的关键,做的时候由易到难,学生才会接受。

5. 积极的鼓励和欣赏。多对孩子的言行进行鼓励,在鼓励的同时,其实是在告诉孩子哪些是可以做的,同时也给孩子自信。

和俞老师的访谈是以闲聊式的非正式方式展开的,进行得很顺利,我豁然开朗。

通过访谈这一形式,将优秀教师个人内在的隐性知识、经验显性化。学校以这样的方式为青年教师搭建平台,为促进我们更快更好地成长创造了有利条件。

(毛玲娣)

快乐共享　收获成长

"长大后我就成了你,才知道那支粉笔,画出的是彩虹,洒下的是泪滴;长大后我就成了你,才知道那个讲台举起的是别人,奉献的是自己……"每每听到这首歌,心中不由产生了对教师的崇敬,并默默许诺:长大后我要成为你。终于,梦想成真了,2004 年 9 月我迈上了教师舞台,我兴奋,我快乐,我也能走上这三尺讲台,我也能有自己的莘莘学子。但喜悦之时,我担心稚嫩的我无力面对时代的挑战,害怕缺乏经验的我无法马上胜任繁杂的教育工作。我开始彷徨,我渴望鼓励与帮助。

如何设计好一堂课,对于我这样的职初期教师是一个艰难但也必须跨过去的门槛。在刚开始的课堂教学中,由于对教材不能准确把握和缺少经验,我总是凭自己主观臆想,去追求自己心目中的完善,出现的结果是几堂课下来,不仅自己讲得不顺心,而且感觉到学生听得也是无精打采。但是,我庆幸自己工作在高安路第一小学,"支持、信赖、合作、共享"的教师文化,让我深感自己工作在一个充满友爱,充满关怀,充满和谐的学校教师团队中。

在学校所构建的信息化知识网络平台(知识管理系统),我看到了每位老师精心设计的教案,精心撰写的教育案例,以及课题研究报告,还有老师们精心制作的课件……这是学校教师专业知识的宝库,这是老师们知识经验的结晶。这个知识管理系统,为我们青年教师提供了知识搜寻和共享的环境,通过经常浏览,启发我不断改进教育方法和手段,提高教育质量。

与此同时,我所在的语文教研组也给予了我长辈般的包容,朋友般的信任,更多的是在教学上让我共享她们的教学经验。平时,只要有什么上好课的心得,她们就会把我叫到身边,分析给我听,甚至把相关资料给我。在这样一个团队里,只要用心倾听,你一定会发现宝贵的东西。学生上课不守纪律教师怎么引导? 一篇新课的导语该如何组织从而引人入胜? 课后练习该怎么有针对性设计……这些一个个具体而细小的教学问题,组室的老师们经常在交流,在碰撞,老师们的隐性知识在流淌,从而让在一旁静听的我源源不断地汲取知识的甘甜,获得成长的养料。

"一年过教材关,二年过教学关,三年过教研关。"这是学校领导对我这个新老师提出的期望。如何把周围老师们无私给我的经验化为自己的专业知识,我感到自己必须去深入体验,去领悟,才能真正内化和运用。因此,我努力参与老师们的谈话,及时提出自己的疑惑,去求得真正的理解。很有幸,学校让我校的特级教师景洪春老师带教我，我们之间有了更多的交流，有了更多让我共享优秀教师经验的机会。我们常在一起讨论教师应有怎样的学生观、教学观，并一起研究教材，设计教学方法。我经常听景老师的课，课后及时和景老师交流，然后把自己的理解落实到自己的课堂中去，不断改进自己的课堂，让课堂生动起来。为了帮助我更好地发展，学校还邀请语文教学专家原区语文教研员朱丽春老师来帮助我，指导我。每次朱老师听完我的课，都给我评课，从教材的理解，到目标的把握，从教学设计到课堂驾驭，哪怕一个细小的环节，我都点点滴滴记录下来，理解感悟之后积极去实践。通过学习、发现、感悟、实践，通过自己的努力，我的教学开始入门了。同时学校也给了我更多锻炼、展示的机会，一次次研究课、公开课、汇报课，每堂课也都是内外结合，八方交融的结晶。这一堂堂课的积淀，让我逐渐自信，逐渐成熟了。

我的成长离不开我所工作的高安路第一小学，这儿是我专业成长的摇篮。在这里我深深地体会到三年来作为教师这整个过程的积累，是一份无价的财富。无数次与专家、前辈的学习取经；无数次与同事交流、对话；还有无数次的挑灯拼搏，这个过程给我太多太多。这一段段经历让我逐渐适应了教师这个宽广的舞台，并努力为教育贡献出自己的一份力量，在此我深深地感谢学校，感谢我的师傅，感谢身边的每一个"高一"人！我深刻地感受到了"高一"这个熔炉的温度，虽灼热却让人甘之如饴。在"高一"，成长中的我不是孤独的。

（马　骥）

积圭步　致千里
——浅谈我的知识积累

多年的教师经历告诉我，老师要上好一堂课，需要太多的东西：

渊博的学识、敏捷的思维以及善辩的口才和火热的激情，而所有这些，非学习积淀不可。正如著名的苏联教育学家苏霍姆林斯基说到："教师进行劳动和创造的时间好比一条大河，要靠许多小的溪流来滋养它。"因此，作为一名教师，得在"学养"和"教养"上花工夫。不断积累自身的知识，从而给学生源源不断的养料。

一、广泛阅读，积淀"学养"

阅读是积累的捷径。通过阅读，人们可以获得多方面的积累：言语知识的积累，历史文化的积累。于是在我的日常工作中，我是这样要求自己的，有的书是兴趣的阅读，有的书则是必须的阅读。感兴趣的我会认真去读，和我教学相关的我必须去读。学生喜欢的书我更要去阅读。

阅读书本，总能让自己的心灵沐浴着真善美的清泉，让自己看生活的角度更多，体验的层面更广。上网阅读，捕捉最新的教育信息，树立先进的理念，给学生最利于他们发展的教育，能逐步形成自己对语文教学的理解，让自己的语文教学有属于自己的东西。

我经常与学生一起共读，每周五的阅读课上，我和学生总是早早地围坐在学校的图书室里，每人手捧一本自己喜欢的书，静静地看着。听着时钟嘀嗒地走动声，书本此起彼伏地翻页声，这种感觉真是美好！与儿子一起共读，读《唐诗》，念《三字经》，儿子在增知，我自己也在积累，从中感悟人生的哲理、生命的真谛。

让读书成为生活习惯，每天阅读，养成划划、摘摘、剪剪、记记、写写的习惯，日积月累，收获不少。

二、学会内化，积累"教养"

学而不思则殆。假如我们能够把平时教育教学中的点滴发现、突然萌动的灵感都记录下来，并进行思考，一定会引发更多的思想火花。因此，平时在学校开展的知识共享活动中，我都认真听着同伴的交流,同时也用心记着,用心想着,与自己已有的经验体会相比较,在比较中内化和感悟。

我还积极融入我们的教研团队,不仅认真倾听,还积极参与团队的讨论活动,积极回应同伴们的观点,把自己的思想和同伴的思想进行碰撞。"一个苹果交换一个苹果还是一个苹果,一个思想交换一种思想会有两种思想。"团队共享活动让我收获更多。在这样的团队中共享活动中,不断发现,不断思考,我让自己像一块高能量的"磁铁",能够吸取别人更多的长处和优点,不断积累"教养",提升自己的专业能力,从而不断地超越自我、创造更高的自我。

三、定期梳理、归纳提升

生活中,多做一个有心人,把所看的、所想的,所实践的,积累下来。积累多了,就好比把东西放在一个抽屉里,需要分门别类地整理一下,以便在需要的时候可以及时准确地拿取。

因此,定期整理自己的点滴记录,记录整理自己的教学档案,对我来说已成为一种习惯。每一单元课文上完后,我总要把曾在这一单元上记录下的文字、符号进行整理,诸如课文中的多音字、孩子容易读错的字音,易混淆的字形,文中的名言警句,知识要点等等,使自己一目了然。我还经常把自己和别人所上的同一课内容的教案收藏起来,分析自己在教学中的不足和创新之处,学习别人,取长补短。针对日常生活中阅读到的相关信息,我也会分门别类地做好记录。

人的知识是一个长期积累的过程,只有"厚积"才能"薄发"。作为教师,更应有着丰厚的学识、教养才能面对我们当今的学生。我想,只要拿起手中的笔,或者点击键盘,留下你的灵感,不久的将来,你就会发现,自己已拥有了一大笔财富。

(李培红)

共享经验智慧　走出职初困惑

　　初涉讲台，我们新教师经常处于这样或那样的困惑："如何树立教师的威信？如何有效掌控课堂纪律？"每当看到那些经验丰富的老师既可以很好地和学生打成一片，但是又不失去自己的威信，可以让那些"调皮"的孩子乖乖地遵守纪律，认认真真地上课时，我总是报以崇高的敬意，非常的羡慕。我总在想：他们的法宝是什么呢？

　　正当我陷于这样的困惑时，一直非常关注青年教师成长的校领导给我们这批新教师布置了一个任务：访谈老教师。可以得到有经验老师的指点，这是多么开心的一件事啊！

　　胡亚华老师是一个有着丰富班主任经验的优秀老教师。在学生和同事们的眼中，她温柔，却有威信，孩子们爱她、也敬她。这么一位声音柔柔、微笑吟吟的老师是如何树立起自己在学生心目中的威信呢？我首先采访了她。当我开门见山地道出了我的第一个困惑——"如何树立教师的威信"时，胡老师以一名班主任的身份，和我亲切地谈了起来。胡老师说，老师树立自己的威信，关键一点就是师生要相互了解，建立情感。当接受一个新班时，我们要面带微笑去迎接每一位新生，深入细致地了解他们的性格特征、家庭、个人爱好以及他们的心理需求。争取做到时时、事事、处处关心他们，同时，教师也要通过各种途径让学生了解自己，了解老师管理班级的措施，了解教师工作的特点，激发学生的尊师之情，调动学生学习和参与班级活动的积极性。当建立了良好的师生关系后，教师的威信自然也就形成了。

　　每个班都有个别特"活跃"的学生，有的几乎每天都在破坏课堂纪律，这一直是我所头疼的。尤其刚开始工作时，我经常控制不住自己的情绪，在班上大动肝火，课不能按计划进行，师生关系处理不好,常常下课了还余怒未消,工作和生活都受到了影响。当我把这个苦恼告诉教导处周老师时,周老师把她的法宝告诉了我:充分利用你的课,当学生被精彩的课吸引了,注意力就会投入,自然少去很多麻烦。而教学内容、手段的具体安排上也要充分考虑到学生的接受状况,要真正以学生为主体,考虑全体学习者的需要。另外,要注意处理课堂上的突发事件。一旦发生,不要一味地谴责学生,更不能由着自己恼怒的心情去处理。可以冷处理,可以因势利导,也可以借助集体的力量,引导班级舆论,因为大多数学生最不愿意的就是他在班级集体的心目中形象受损。

两位教师的倾心指教让我深受启发,我明白了:教师威信是具有积极、肯定意义的师生关系的反映,师生关系的好坏决定着教师威信的形成。因此建立能体现尊重、民主、平等、和谐的师生关系尤为重要。在此基础上,才能建立起良好的课堂环境,提高教学质量。

通过与两位优秀前辈的访谈,我不仅解决了心中的困惑,对于开展日后的教育教学工作心中也有了底气,信心倍增。

(王秀丽)

合作共享 提升发展

作为教师专业发展的一个有效载体——教研活动,其模式一直以来都被不断地探索,目的无疑是要更有效地提升教师的专业素养,提高教学质量。近几年来,在教研组组织的学习研讨、听评课、专家引领等系列共享活动中,我与同伴也得到了专业提升和发展。

一、交流对话,共享教学成果

教师个体的专业化发展离不开群体的合作发展,个体的发展一定要基于一种群体的教师合作发展文化,使教师能在群体的交往互动中读他人看自己、学他人长自己,最终在实践尝试中突破自己。

1. 共享同伴经验

在高安路第一小学,我们学会了和同伴交流,学会了在交流中共享,学会了在共享中提升。在我们教研组团队中,既有任教过高年级而第一次任教一、二年级的青年教师,又有多年任教一、二年级的中青年教师,我们在教学上各有所长。面对这样的组合,我们常常会就新教材教学实际中出现的共性问题展开讨论交流:"如何结合文本开展说写训练?""如何在课堂教学中培养低年级学生的学习习惯?""在《芭蕉花》一课中,这个'藏'字到底体现了'我'对芭蕉花的珍惜,还是'我'觉得这花是偷摘来的,生怕别人发现"等等,无论是大问题还是小话题,只要是教学上需要的,都是我们共享的内容。为了更好地挖掘组内教师的教学经验,我们摒弃了以往各自找来一篇课文独自备课的行为,而是集体共同备课,制定教学方案,轮流执教,不断修改,将各自所长融汇于一份"精品"教案之中,直至达到共同提高的目的。在这样的交流共享活动中,我们的教学思路得以不断开阔,教学方法得以有效改进。

2. 共享专家知识

教研活动中的专家引领,扩大了我们教师共享知识的范围。无论是聆听专题报告,还是参加教研活动,作为教育教学的专业引领者——教研员的深入,使我和广大普通教师一样,与专家有了"零距离"。在对于教材的揣摩、教法的研究中,也正是有了教研员等专家的帮助,使我能在更多的时间里直面问题,解决问题。诸如"第二课时的随堂小练习的设计"、"拼音教学与识字教学的关系"、"一年级不进行默写,学生能否有效的识记生字"等教学困惑,都在第一时间得到详尽的解答,使我有效地把握了教改的精神。

二、共享资源，扩大专业视野

基于新教材的实施，教师面对的教学中的不确定性增加了：多元的价值取向引起教学目标的不确定；课程的综合性以及课程资源的开发引起教学内容的不确定；教师和学生的自主性不断加大引起教学方法的不确定。这就要求教师不断学习，及时捕捉信息，开拓眼界，有机把握。

感谢信息化时代，技术的发展使信息的传递速度加快。因此，以现代技术为支撑的学校信息网络平台（知识管理系统）的搭建，为我们老师的交流和资源共享提供更为便捷的服务。在这个平台上，学校为每个教师提供了一个"空间"，它是每位老师储存知识的蓄水池。作为受益者，我和校内许多教师一样，从网上浏览老师们的教学教案，教育案例，研究论文，从中汲取经验，开拓自己的思路。甚至，将学校教师一些优秀区级、市级公开课教案打印下来，与自己的教案进行对照、修改。记得在一次校教学骨干展示活动中，我决定上《小兔与树的对话》一课。说实在的，虽然我任教一二年级多年，但面对第一次教二期教改新教材，如何把握教材，将知识点扎扎实实地落实于课堂教学之中，心里难免有些困惑。于是，我认真研读了学校俞文岚老师等一批市区教学骨干、特级教师挂在网上的教案。也正是通过研读他们的教案以及对教材的分析，让我豁然开朗。此后我又找到了教案的主人——俞老师，在她的帮助下，我对教材有了进一步的理解，从而促使我成功地上好了《小兔和树的对话》这一课。

在学校"知识寻呼"平台这个空间，我和其他教师一样，乐于畅游其中。"如何提高学生的书写水平？""对那些喜欢拿别人橡皮之类东西的孩子，该怎么办？""如何让多动的学生静心学习？"当我向全校教师发出困惑时，各位老师的知识援助，使我受益匪浅。在日常的教育教学工作中，我和教研组的老师们经常进入知识寻呼平台，不但发布自己在教育教学中遇到的种种问题以寻求帮助，更是竭己所能，为他人出谋划策。

　　教师的专业发展是一个渐进的分层提高的螺旋式上升的过程，不能一蹴而就。学校开展的教研组知识共享活动，让教师在日常教学中学他人之长，补自己之短，不断改进自己的教育教学行为，专业水平得以不断提升。

（郁航珺）

主要参考文献

1. 温迪·布克威茨、鲁思·威廉斯：《知识管理》，中国人民大学出版社 2005 年版。

2. 苏新宁、任皓、吴春玉、朱晓峰等：《组织的知识管理》，国防工业出版社 2004 年版。

3. 易凌峰、杨向谊：《知识管理与学校发展》，天津教育出版社 2006 年版。

4. 胡寅生、戚长福、肖云瑞：《学校教育与管理卷》，人民教育出版社 1990 年版。

5. 仇忠海：《"全面发展 人文见长"的学校教育》，教育科技出版社 2004 年版。

6. 吴中平、徐建华、徐跃飞等：《冲突与融合》，上海三联书店 2006 年版。

7. 王小棉：《论教师隐性教育观念的更新》，《教育研究》2003 年第 8 期。

8. 章立早：《寓言中的教育智慧》，《教书育人》2005 年第 11 期。

9. 李政涛：《"教研组文化"的当代转型——"教研组文化"的系列之二》，《上海教育科研》2006 年第 8 期。

10. 吴迪：《场效应理论与知识共享过程分析》，《上海管理科学》2005 年第 6 期。

11. 房超平：《教师专业成长的突破口：教学技能的自我建构》，

《课程·教材·教法》2007 年第 10 期。

12. 黄建国:《建立有助于教师创新的教学管理制度》,《基础教育课程杂志》2008 年第 1 期。

13. 杨向谊:《知识管理在校本研修中的运用》,《现代教学》2005 年第 10 期。

14. 赵英芳:《思维导图在个人知识管理中的运用》,《教育技术导刊》2005 年第 9 期。

15. 樊治平、孙永洪:《知识共享研究综述》,《管理学报》2006 年第 3 卷第 3 期。

16. 陈宝琪:《浅析学校知识管理的难点——知识共享》,《科教文化》2006 年第 7A 期。

17. 王颖、秦江萍:《决策权的下沉与知识共享》,《经济论坛》2002 年第 15 期。

18. 胡安安等:《组织内知识共享的信任模型研究》,《上海管理科学》2007 年第 1 期。

19. 施琴芬等:《隐性知识转移的特征与模式分析》,《自然辩证法研究》2004 年第 20 卷第 2 期。

20. 乐先莲:《教师与知识——教师角色的知识社会学分析》,《全球教育展望》2006 年第 8 期。

图书在版编目(CIP)数据

在共享中求发展——知识管理视野下教师知识共享机制的校本构建/滕平等著. —上海:上海社会科学院出版社,2008

ISBN 978-7-80745-320-8

Ⅰ. 在… Ⅱ. 滕… Ⅲ. 小学-教学研究 Ⅳ. G622.0

中国版本图书馆 CIP 数据核字(2008)第 180443 号

在共享中求发展

——知识管理视野下教师知识共享机制的校本构建

编 者:滕 平 杨向谊 朱海燕 景洪春

责任编辑:赵玉琴

封面设计:闵 敏

出版发行:上海社会科学院出版社

上海淮海中路 622 弄 7 号 电话 63875741 邮编 200020

http://www.sassp.com E-mail:sassp@sass.org.cn

经 销:新华书店

印 刷:上海社会科学院印刷厂

开 本:890×1 240 毫米 1/32 开

印 张:6.5

字 数:163 千字

版 次:2009 年 1 月第 1 版 2009 年 1 月第 1 次印刷

ISBN 978-7-80745-320-8/G · 075 定价:18.00 元